HORROR

Pablo Amaral Rebello
Simone Saueressig
Diego Mendonça
The Wolf
Dré Santos
Adriana Maschmann
Lu Evans
Gabrielle Roveda
Tarcisio Lucas Hernandes Pereira
Duda Falcão (organizador)

PORTO ALEGRE, RS
2020

Copyright © Pablo Amaral Rebello, Simone Saueressig, Diego Mendonça, The Wolf, Dré Santos, Adriana Maschmann, Lu Evans, Gabrielle Roveda, Tarcisio Lucas Hernandes Pereira e Duda Falcão.

Todos os direitos desta edição reservados à AVEC Editora
Nenhuma parte desta publicação poderá ser reproduzida, seja por meios mecânicos, eletrônicos ou em cópia reprográfica, sem autorização prévia da editora.

Publisher	*Artur Vecchi*
Organização e edição	*Duda Falcão*
Ilustração da capa	*Fred Macêdo*
Colorização da capa	*Robson Albuquerque*
Projeto Gráfico e diagramação	*Luciana Minuzzi*
Revisão	*Camila Villalba*
Imagens	*British Library*
Impressão	*Gráfica Odisséia*

M 981
    Multiverso pulp : horror / organizado por Duda Falcão. – Porto Alegre:
       Avec, 2020. -- (Multiverso pulp; 3)
       Vários autores.
       ISBN 978-65-86099-62-1
         1.Ficção brasileira   2. Antologias   I. Falcão, Duda   II. Série

                                                                         CDD 869.93

Índice para catálogo sistemático:
1.Ficção : Literatura brasileira 869.93

Ficha catalográfica elaborada por Ana Lucia Merege CRB-7 4667

1ª edição, 2020
Impresso no Brasil / Printed in Brazil

⌂ Caixa postal 7501
   CEP 90430 - 970
   Porto Alegre - RS
⊕ www.aveceditora.com.br
✉ contato@aveceditora.com.br
◉ @aveceditora

Índice

De Volta para Casa..................9
  Pablo Amaral Rebello
A Ponte sobre o Igarapé..................23
  Simone Saueressig
A grande geada..................37
  Diego Mendonça
Lótus Negra..................53
  The Wolf
Arquivo do Caso Lurdinha..................69
  Dré Santos
Carpe noctem, quam minimum credula postero..................83
  Adriana Maschmann
Eu vejo..................95
  Lu Evans
Vagalumes de água doce..................109
  Gabrielle Roveda
Mississippi Delta Blues..................121
  Tarcisio Lucas Hernandes Pereira
Devorador de Mundos..................137
  Duda Falcão

De Volta para Casa

PABLO AMARAL REBELLO

Coloquem a culpa nos ratos.

Se não fossem pelas mordidas dos malditos roedores, talvez Gerson não despertasse em meio a tal pesadelo. No entanto, os dentes afoitos que mordiscavam sua panturrilha, bíceps e até mesmo uma bochecha não o deixaram dormir. Não era só isso. À medida que retomava a consciência, sentia as patas pestilentas das baratas, que entravam por suas roupas e passeavam livres, como se fossem as donas do pedaço. Uma delas escalou seu rosto e parou após subir o nariz, movimentando as anteninhas a proclamar a conquista do cume peculiar.

Quando abriu os olhos na escuridão, percebendo o horror de que tomava parte, Gerson se desesperou. Além de soltar um urro gutural que assustou os ratos, ele procurou se levantar, batendo de imediato contra um obstáculo duro e intransponível. As baratas correram alvoraçadas em busca de rotas de fuga. Gerson não lhes deu atenção. Com as palmas das mãos, tateou a superfície rugosa que o impedia de se levantar, notando que ela se fechava em paredes tanto à esquerda quanto à direita, envolvendo-o por completo em um casulo de madeira. Só então percebeu o cheiro de terra molhada e da podridão que alimentava as raízes das árvores. Logo, sacou o que havia acontecido: alguém o enterrou vivo!

Agoniado, tentou empurrar para cima a tampa do caixão, mas parecia que o peso do mundo estava sobre ela. Toneladas e mais toneladas de terra. Ainda assim, a madeira rangeu e poeira caiu em seus olhos, fazendo-o desistir daquela tentativa tacanha de escapar da armadilha. Sem conseguir concatenar os pensamentos, Gerson passou a bater e chutar as laterais do caixão. Não lembrava como tinha chegado até ali. Não lembrava praticamente nada que havia acontecido antes de abrir os olhos para realidade tão obscura e tenebrosa. Buscou na memória as lembranças de uma vida, qualquer coisa que explicasse sua situação, mas seu cérebro não funcionava direito. Parecia um rádio em busca da estação certa, cheio de estática e oferecendo apenas fragmentos desconexos e sem sentido de toda uma existência: o olhar apaixonado de uma mulher, o sorriso de um menino, um pôr do sol entre as montanhas.

Rangeu os dentes, furioso. Tentou gritar, mas tudo que saiu da sua boca foi um gemido rouco, como se não exercitasse os músculos vocais havia muito tempo. Falar também não surtiu nenhum efeito. Queria chorar, só que as lágrimas não vinham, como se a fonte tivesse secado. Não entendia nada do que estava acontecendo. Sentia-se fraco e desamparado, abandonado nas entranhas da terra. Então, ouviu o guincho de um rato e lembrou que não estava tão sozinho afinal. Virou a cabeça no sentido do barulho. Não havia sinal dos outros roedores, que provavelmente escaparam por buracos nas laterais do caixão, mas o último deles encontrava-se encurralado entre suas pernas, tão confuso quanto o humano de que se banqueteava poucos momentos antes.

O animal assustado escalava sua coxa quando Gerson, sem nem pensar, o agarrou com a mão direita e apertou. O rato guinchou mais alto e cravou os dentes no espaço entre o polegar e o indicador, arrancando um naco de carne. Mesmo assim, Gerson não soltou o animal. Não sentia dor. Não sentia nada além de uma fome devastadora que consumia todos os seus pensamentos.

Estava fraco e precisava ser forte, assim como o roedor gordo e de pelo molhado que se debatia entre os seus dedos, a cauda longa chicoteando seu antebraço em protesto contra aquela macabra inversão de papéis.

Não houve hesitação. Gerson levou o rato até a boca e arrancou a cabeça do animal com uma mordida selvagem. Sangue quente desceu sua garganta e lambuzou o rosto enquanto os dentes mastigavam o crânio crocante do roedor. Uma calma súbita se apoderou do rapaz, que continuou a arrancar pedaços do corpo do animal como uma criança em um churrasco, livre de qualquer pensamento racional, a cabeça completamente vazia. Não era o que se podia chamar de uma refeição ideal, mas era mais do que havia ingerido em um longo tempo. Logo, comeu até se fartar, abandonando a carcaça do rato em uma das laterais do caixão.

Mais tranquilo, Gerson piscou três vezes. Continuava preso em um caixão soterrado sob Deus sabe quantos quilos de terra, mas já não se sentia tão fraco. Pelo contrário, era como se o ato de se alimentar lhe desse a determinação para desenterrar a si mesmo. Sem pensar muito no assunto, Gerson fechou os punhos e começou a bater na tampa do caixão. A princípio, nada de mais aconteceu. Linhas de poeira caíram entre as frestas, a madeira apenas rangeu um pouco. Só que o rapaz insistiu naquela abordagem bruta. Cada soco que dava era mais potente que o anterior e logo a madeira começou a ceder. As baratas, prevendo o desastre, corriam para todos os lados até que, enfraquecida pelos golpes, a tampa do caixão partiu-se e toda terra acumulada sobre ela caiu em cima de Gerson.

A história podia acabar por aí se não fosse pela insistência do jovem em deixar aquela prisão amaldiçoada. Metodicamente, sem pressa, ele passou a cavar, convencido de que, se os ratos conseguiam produzir túneis naquelas condições, ele também conseguiria. Aos poucos, deixou o caixão para trás, arrastando-se como uma minhoca pela terra escura em busca da superfície. Gerson não saberia dizer quanto tempo levou para concluir a rota de fuga. "Uma eternidade", diria, se tivesse voz para tanto. O fato é que, quando suas mãos enfim alcançaram o mundo exterior e ele se retirou das entranhas do solo como uma cria profana das profundezas, a lua se encontrava cheia e alta no céu.

Gerson levantou-se da tumba, trôpego, e contemplou aquela moeda prateada enorme que iluminava a noite entre as nuvens escuras que procuravam apagar o seu brilho. Então, baixou a cabeça e olhou ao redor. Podia ouvir o gemido de outras pessoas próximas. Muitas caminhavam com passos bêbados entre as lápides que o cercavam, as roupas imundas de terra e os corpos cheios de ferimentos preocupantes. Uma moça de olhar perdido encontrava-se com o maxilar exposto e pendurado, com a língua roxa a dançar no ar, além de tiras de pele penduradas abaixo dos olhos. Um senhor de pele escura arrastava uma perna quebrada, com o osso exposto à luz do luar, sem parecer se importar com aquilo. Aos olhos confusos do rapaz, todos pareciam mortalmente doentes, para dizer o mínimo.

Um barulho à esquerda de Gerson o fez virar a cabeça. Percebeu uma mão solitária saindo de dentro da terra. Logo, um homem de cabelos longos e cara esquelética esticou-se para fora do buraco e levantou o rosto para ele, abrindo a boca e soltando um gemido quase inaudível. "Eu sei, colega", teria respondido Gerson se pudesse. "Sacanearam a gente, mas estamos de volta para dar o troco, certo?" Contudo, não tinha tempo a perder com desconhecidos. Uma vez que deixou a tumba para trás, sentia a necessidade de se colocar em movimento. Só então notou como seus membros estavam rígidos. Dobrar os joelhos ou os braços exigia um esforço considerável, como se faltasse algo para lubrificar as juntas, que pareciam velhas peças enferrujadas e fora de uso. Nada fazia muito sentido. "Estou doente", pensou Gerson. "Deve ser só isso, uma doença qualquer que me roubou temporariamente a saúde."

Precisava procurar um médico. Talvez fosse isso que todos no cemitério estivessem pensando também. Alguns casos eram muito mais graves do que o de Gerson, que quase tropeçou em um jovem que se arrastava por entre as lápides, cravando os dedos na grama e usando os braços como alavancas. Ele perdeu as pernas em algum lugar, junto de toda a parte inferior do corpo. Não passava de um torso com os órgãos apodrecidos à mostra. Aquele ali teria sérios problemas para recuperar a saúde. Gerson seguiu em frente até alcançar uma rua asfaltada, na qual se reuniam centenas de enfermos como ele. Assim, seguiu o cortejo tenebroso para fora do cemitério, a caminho da cidade adormecida.

Gritos solitários e pedidos de socorro ecoavam no silêncio noturno, trazidos pelo vento. Gerson não se incomodou com aquilo. Considerava de muito mau gosto enterrar as pessoas vivas e julgava correto que seus colegas de infortúnio administrassem castigos em quem encontrassem pela frente. Ele próprio se sentia inclinado nesse sentido, embora buscasse algo mais sutil. Percebeu, ao sair do cemitério, que conhecia aquele lugar. Levantou o rosto para uma estrutura triangular após um estacionamento grande e lembrou-se de passar por ali antes, muito tempo atrás. A curiosidade o levou a caminhar em sua direção. Parou na frente de uma enorme parede branca com um coração dourado e várias palavras escritas. Legião da Boa Vontade. Era uma igreja ou algo parecido, não sabia dizer. No entanto, uma memória lhe disse que era um edifício que ficava perto da sua casa.

A sua casa!

Sim. Lembrava agora com certa nitidez do lugar. Olhou ao redor com novos olhos, para os prédios baixos de escritórios e as árvores que enfeitavam as vias. De repente, por um breve momento, a escuridão desapareceu e Gerson enxergou o mesmo cenário em um dia ensolarado, com vários carros a percorrerem as ruas movimentadas, pessoas caminhando pelas calçadas, um grupo de estudantes matando tempo sentados em um meio-fio, comerciantes vendendo coroas e buquês de flores em barraquinhas precárias. Estava em Brasília, a cidade onde viveu por toda sua vida, cercado por personagens que lhe eram velhos conhecidos. A lembrança desvaneceu tão rápido quanto surgiu e ele se viu parado na frente de um templo, no meio da madrugada, com as ruas desertas a não ser por seus colegas trôpegos e confusos.

Gerson deu um passo inseguro adiante. Os outros se moviam de modo aleatório, como se não soubessem exatamente para onde ir, mas ele lembrava-se de alguma coisa. Aquela era a sua cidade. O seu lugar. Sobretudo, lembrava-se do rosto de uma mulher. Um rosto familiar e amado que gostaria muito de ver outra vez. Seguiu em frente, sem perceber que era seguido por um punhado de colegas maltrapilhos, que, sem terem um destino certo para onde seguir, optaram por ir atrás daquele que tinha os passos mais decididos do grupo. Juntos, atravessaram a rua e um estacionamento vazio, passaram por um hospital e chegaram a uma área residencial de casas pequenas, apertadas uma ao lado da outra.

Ali, Gerson parou, assaltado por outra memória iluminada do passado, com passarinhos cantando nas árvores e uma criança andando de mãos dadas com a mãe. De repente, alguém esbarrou nele e o tirou de seu estupor. O rapaz se endireitou, percebendo pela primeira vez os outros caminhantes que o seguiam sem rumo certo. Um cachorro latia ferozmente para o grupo, atraindo a atenção de alguns. Dois deles separaram-se do restante e seguiram na direção do animal. Já Gerson retomou o passo pela rua vazia, consciente do caminho que deveria seguir para chegar em casa, sendo seguido pelos demais.

Contudo, quando o bando se aproximava da rotatória, um carro em alta velocidade freou e parou bruscamente, cantando pneu. O veículo trazia intensas luzes giroscópicas vermelhas e azuis no teto, que machucaram os olhos de

Gerson. Dois homens uniformizados saíram de dentro dele apontando uma luz mais intensa para os caminhantes.

— Jesus, Maria e José — disse um deles, assustado.

— É o fim dos dias, Fabiano! Olha só essa horda de almas penadas!

Gerson urrou um protesto, sem conseguir articular palavras coerentes graças à garganta seca. As luzes o cegavam, mas ele seguia em frente.

— Controle-se, homem — exigiu o outro uniformizado, em tom autoritário. — É só um bando de adolescentes fantasiados. Podem parar onde estão, garotos. A brincadeira de vocês já foi longe demais. Vamos lá. Parem onde estão e todo mundo de mãos para cima!

Gerson deu outro passo adiante, sendo acompanhado pelo grupo inteiro, que gemia e urrava, concentrado na dupla que os interpelava no cruzamento.

— Eles não estão parando, Fabiano — apontou o primeiro homem.

Gerson percebeu quando do segundo puxou um objeto escuro e retangular do que parecia ser um bolso pendurado ao lado da calça.

— Parem onde estão — repetiu o sujeito, bem alto. — Parem ou eu atiro!

Agora Gerson estava perto o bastante para sentir o cheiro dos homens, de suor e de medo, algo que mexia com seus instintos mais primitivos. Subitamente, lembrou o rato de que se alimentou para sair do túmulo e sentiu fome. Ele esticou as mãos para frente e abriu bem a boca.

— Não acho que eles estejam brincando, Fabiano.

— Atire! Atire!

Então, o objeto na ponta das mãos dos homens de uniforme brilhou intensamente e soltou trovões estrondosos. Ao mesmo tempo, Gerson sentiu ferroadas no ombro e no peito, que o fizeram recuar, confuso. Não havia dor. Nada além de um calor intenso nos pontos em que foi atingido. As trovoadas continuavam ensurdecedoras ao redor. De repente, a parte de trás do crânio de um colega explodiu, lançando massa encefálica e um líquido negro e viscoso contra o caminhante que vinha logo atrás. Já o coitado atingido despencou no chão como uma marionete que teve as cordas cortadas.

Os policiais — era isso o que eram — continuaram gritando e atirando. Gerson não lhes dava mais atenção. Com um foco bem definido, os caminhantes avançavam, passando pelo rapaz confuso como se fossem gotas de chuva. Os tiros acabaram parando, substituídos por gritos desesperados. Por sua vez, Gerson explorava o buraco no ombro com uma das mãos, cavoucando a carne macilenta em busca do projétil que se alojara ali dentro. Um odor fétido escapava da ferida. Teria que se lembrar de pedir ao médico um remédio para aquilo. Logo, tirou um fragmento metálico ainda quente, que contemplou por um segundo antes de descartá-lo na sarjeta de forma desinteressada.

Adiante, enxergou os colegas amontoados em dois lados distintos do carro parado, que continuava com suas luzes vermelhas e azuis a girarem, preenchendo a noite com sua odiosa luminosidade artificial que machucava os olhos.

Gerson avançou, curioso para saber o que os colegas faziam. Viu quando um deles arrancou o antebraço de um dos policiais e cravou os dentes na carne macia. Outro puxou o intestino de dentro da barriga do morto e o mascava como se fosse chiclete. Admirou o festim canibal com um misto de surpresa e desejo.

A cena fez o estômago de Gerson roncar. Ele também tinha fome. No entanto, hesitava a se juntar aos colegas, sem saber dizer exatamente o motivo. O rapaz levantou a cabeça e foi acometido por outra daquelas visões luminosas. As casinhas geminadas, tão familiares, com suas cercas de cores diferentes e andares superiores que desvirtuavam o projeto original da quadra. Durou apenas um segundo, o suficiente para ele perceber onde estava e deixar os colegas desfrutarem de seu banquete macabro, seguindo sozinho escuridão adentro, como uma mariposa atraída pelo fogo. A essa altura, um coro de cães latia freneticamente, oferecendo uma trilha sonora raivosa para o espetáculo sinistro que se desenrolava na madrugada.

Cambaleante, Gerson entrou por uma rua lateral. Embora tivesse seguido em silêncio até ali, soltou um gemido ao ver os carros estacionados no acostamento, o lixo transbordando de cestas de metal, as lâmpadas de sódio a iluminarem o caminho esburacado. Ele conhecia aquela rua. Uma memória poderosa o fez lembrar do local, como se tivesse passado por ali no dia anterior. Gerson avançou devagar, reconhecendo cada uma das casas, lembrando os rostos de seus habitantes, os cheiros de seus jardins, toda uma vida da qual sobravam apenas fragmentos. Mais do que tudo, ele se lembrava do rosto da mulher e do menino a tiracolo.

De repente, notou um desenho no chão. Quadrados com números dentro, distribuídos em linhas, com caixas solitárias ou em conjuntos de dois, até uma área ovalada onde estava escrito "céu". Gerson se agachou no meio da rua e tocou a tinta amarela e seca. Em sua mente, enxergava a própria mão pintando aquelas linhas numa tarde ensolarada de domingo, com o céu azul quase sem nuvens e o riso das crianças a se espalhar pelo ar. Gerson piscou e a imagem desapareceu, substituída por uma rua deserta cheia de sombras em uma noite gelada.

Lentamente, o rapaz se levantou, de olho no jogo da amarelinha até que algo na periferia da visão lhe chamou a atenção. Ele virou o rosto para um mundo ensolarado, destacado pela fachada de uma casa que não era diferente das vizinhas, exceto pelo número dezoito exibido numa placa metálica esverdeada. Ao seu redor, a noite crescia escura e silenciosa, mas seus olhos estavam fixos em uma imagem do passado, na qual uma mulher lhe abria a porta e sorria, com uma jarra de limonada nas mãos. Gerson deu um passo adiante na escuridão. Na lembrança, um menino se revelou por trás da mãe e, curioso para ver o que o pai tinha pintado no chão, ele avançou. Gerson estendeu as mãos para a frente, pronto para um abraço, mas quando piscou a ilusão se desfez. Estava novamente sozinho numa rua deserta.

No entanto, ele conhecia aquela casa, a sua casa, onde moravam sua mulher e seu filho. Se pensasse um pouco, talvez até lembrasse os seus nomes. Estavam na ponta da língua. Gerson avançou até o interfone, enterrando o dedo no botão e produzindo um zumbido alto e incômodo no interior do imóvel. Ele afastou o dedo e o barulho desapareceu. A casa continuava em silêncio. Logo, meteu o dedo no botão uma segunda vez, com insistência.

— Já vai — berrou uma voz feminina no interior da residência. — Já vai!

O tom da voz fez Gerson afastar o dedo do botão, despertando memórias antigas em seu cérebro cansado.

— Quem é que resolve incomodar os outros a essa hora da madrugada?

Nem a irritação na voz abalava Gerson, que sentia algo quente em algum lugar indefinido do corpo ou da alma. Não sabia dizer. Não sentia mais o mundo como antes. Era como se visse tudo através de um filtro que borrava todas as imagens. Tudo em que conseguia pensar era que aquela era a voz dela, da mulher com quem se casou, sua amada...

O interfone estalou e a voz se manifestou por ali:

— O que foi? — interpelou, cheia de raiva.

O nome se manifestou na cabeça de Gerson.

— Li-lian...?

Silêncio do outro lado da linha.

— Ge-gerson? — perguntou. — Meu Deus do céu, não é possível — prosseguiu, em tom emocionado. — Virgem Maria, eu fui no seu enterro — continuou. — Jesus me acuda, é você mesmo, Gerson?

Os músculos faciais do rapaz se esticaram com dificuldade, numa espécie bizarra de sorriso.

— Li-lian — repetiu com a voz arrastada.

— Deus seja louvado — agradeceu a voz do outro lado da linha. — Aguarde um minuto, meu amor, que já vou abrir a porta, ok?

— Li-lian — concordou Gerson, animado.

Um vulto apareceu por trás das grades, ondulante graças ao vidro fosco utilizado no portão. Gerson deu um passo para trás. Voltava a se ver em um cenário ensolarado e feliz. Tudo que precisava fazer era retornar para casa. O barulho metálico de um molho de chaves prenunciando o encaixe aguardado encheu o rapaz com a mais tenra alegria. Então, a porta se abriu e lá se encontrava ela: Lilian, com seu sorriso branco e um brilho malicioso no olhar que sempre mexia com ele. Exceto que a realidade era outra. Lilian estava parada no batente da porta, mas seu sorriso rapidamente se transformou em um esgar, com os olhos a refletirem o mais puro horror.

— Li-lian — repetiu Gerson, avançando para um abraço.

Lilian gritou o mais alto que pôde, assustando Gerson momentaneamente e trazendo sua cabeça de volta para o presente. O sol de outrora sumia para dar lugar à escuridão sorrateira e à luz azulada da lua cheia. A mulher recuou, caindo de bunda no chão, mas sem se importar com a dor, arrastando-se para longe do monstro que veio bater na sua porta. Gerson deu um passo para dentro da casa, confuso.

— Li-lian? — questionou como um disco arranhado.

— Afaste-se de mim, demônio — suplicou Lilian, o rosto molhado por lágrimas.

— Não sei de que inferno você saiu, mas não pode ser o meu Gerson!

O rapaz deu outro passo adiante e esticou a mão, numa tentativa de ajudar a mulher a se levantar. Ele tentava falar que compreendia o susto, visto como devia parecer, com as roupas amarrotadas, sujas de terra e todas rasgadas, além das feridas que trazia na pele. No entanto, tudo que conseguiu produzir foi um maldito gemido inarticulado. Lilian deu um tapa em sua mão, levantando-se e recuando até o batente da cozinha, sem nunca tirar os olhos dele.

Gerson sentia-se magoado. Se ao menos pudesse revelar tudo pelo que passou para voltar aos braços dela. Lilian não queria papo. Quando ele se aproximou, ela disparou para dentro da cozinha. O rapaz foi atrás. Encontrou a moça de costas para ele, debruçada sobre uma gaveta. Sem querer assustá-la, pousou com suavidade a mão sobre os ombros da mulher amada. Lilian virou-se com mais um de seus gritos histéricos e cravou uma faca afiada no peito do marido morto.

Gerson deu um passo para trás, surpreso com o ataque. Lilian olhava do cabo da faca, que brotava como um tronco seco do meio do peito, para o rosto repuxado da criatura, que permanecia de pé e inabalada com a fúria da mulher. Para horror dela, o monstro que fora o marido retirou o objeto, deixando-o cair no piso com um som metálico, antes de abrir os braços e voltar a avançar. Lilian tentou recuar, mas bateu na gaveta que deixou aberta. Paralisada de medo, não soube o que fazer além de gritar enquanto o falecido a pegava pelos braços e a puxava para si. Ela fechou os olhos, preparada para o pior, mas o ser apenas a abraçou.

Aquilo era tudo que Gerson queria. Estar de volta à sua própria casa, reunido com seus entes queridos, sem uma preocupação no mundo. Ele respirou fundo, assimilando a fragrância do sabonete que subia da pele da esposa junto ao cheiro dela. Era como um narcótico para ele. Não havia nada que pudesse deixá-lo mais feliz que aquilo. Exceto...

Gerson inspirou com profundidade e apertou o próprio corpo contra o da mulher. Podia sentir o calor que emanava de dentro dela. Afastou um pouco o rosto e notou as gotas de suor que desciam pelo pescoço fino e lânguido. Também percebeu outro cheiro que subia oculto pelos poros da pele dela, transportando sua mente para um universo vermelho e líquido que alimentava músculos e órgãos, distribuindo tudo que tinha de melhor pelo caminho, sem olhar a quem. O cheiro provocou um ronco no estômago de Gerson, que lembrou não ter comido mais nada depois daquele rato.

Lilian respirava, ofegante, sem conseguir se livrar do abraço. Gerson recuou a cabeça, como se fosse espirrar, e cravou os dentes na pele macia do pescoço da mulher. Lilian deu o último grito que tinha guardado nos pulmões enquanto a criatura arrancava um naco de carne, fazendo o sangue jorrar como uma torneira pela jugular exposta. Gerson voltou a enterrar o rosto na ferida vermelha, fechando os olhos à medida que bebia aquele líquido sagrado com tanta avidez. O corpo de Lilian sofria espasmos, ficando mais pesado e imóvel a cada momento que se passava. Ela morreu como viveu: alimentando os sonhos do marido.

Por fim, com a fome saciada, Gerson afastou-se e contemplou o cadáver inerte que segurava nos braços. Sem o brilho que animava tal corpo, ele não conseguia reconhecê-la. Aquela não era mais sua mulher. Era só um pedaço de carne qualquer. Ele a largou e deixou o corpo despencar todo torto no chão. Ficou olhando para o defunto um tempo, procurando lembrar quem era e o que estava fazendo ali, mesmo que nada lhe viesse à mente. Não percebeu os sons de passos suaves vindos de fora da cozinha nem notou o vulto que se esgueirou pelo batente até uma vozinha se manifestar, tremulante:

— Mamãe?

Gerson virou o rosto e o mundo voltou a ficar ensolarado. Enxergou o menino parado no batente da porta e o reconheceu de imediato. Era o seu menino, afinal, seu único filho, o adorado...

— An-dré — disse Gerson.

O garoto olhou assustado para o cadáver ambulante que um dia foi seu pai e, invadido por um medo profundo, congelou no lugar, facilitando a Gerson o abraço caloroso que tanto queria dar em seu filho.

A Ponte sobre o Igarapé

SIMONE SAUERESSIG

— Tem certeza de que é por aqui?

— Pode crer, é por aí, sim.

Ronei desviou como pôde de um tronco caído na lateral daquilo que Danilo chamava de "trilha secreta". "Secreta" até podia ser, ele pensou, o queixo projetado por cima do volante da velha picape adaptada, tentando enxergar algo no meio do mato, mas "trilha"... As folhas batiam com força na lateral da carroceria e soavam como bofetadas. De vez em quando algum galho mais grosso acertava a lataria com um estouro que fazia o coração dele saltar com força. "Minha mãe, daqui a pouco a gente topa com a porcaria de uma onça", ele pensou, ouvindo a arruaça que vinha da parte de trás da picape. Franziu a testa ainda mais, o rosto carregado de raiva e preocupação. "E se uma onça aparecer mesmo, meu Deus do céu? Vai querer comer a remessa, a filha da puta!"

— Cuida, ô Ronei, que o caminho é por ali, ó — indicou Danilo, apontando para o lado direito de uma castanheira. Ronei virou o volante com força, e a roda esquerda caiu num buraco cheio de água, que espalhou lama para todos os lados. Danilo gritou um palavrão.

— Cuida mais, ô! — irritou-se ele.

— Tamo atrasado. Você sabe que tamo atrasado. Se a gente não chegar a tempo de pegar o barco da Jacutinga, tamo morto. Você sabe que tamo morto. Você disse que por aqui a gente chegava antes!

— Tá, mas se o carro estragar nesse cafundó, aí é que a gente vai estar morto mesmo — replicou Danilo no mesmo tom.

Os dois ficaram um instante em silêncio. Na verdade, a pressa de Ronei tinha uma razão extra. Detestava mato. Detestava árvore, folha, tudo quanto era coisa vegetal. Tinha nojo. Nem alface comia. "Alface, comida de gente rica", ele pensou. "Quando eu for rico, não vou comer alface de jeito nenhum. Só carne. E ovo. Adoro ovo."

— Agora diminui que a gente tá chegando. Olha a gameleira, aí, pode crer — decretou Danilo, apontando para um emaranhado de troncos. Gameleira, castanheira, jatobá, o diabo. Para Ronei, tudo aquilo era a mesma coisa: árvore. Naquela puta Amazônia só tinha mato. Tudo igual, verde, gosmento; por ele, já tinham derrubado tudo. Mas o mato era tanto que ele duvidava que algum dia acabasse. "A Amazônia é que nem água, não tem fim", dizia o seu pai. O pai de Ronei tinha morrido na boca de um jacaré. Ronei odiava mato, jacaré e tudo o que significava aquela vidinha porca e miserável que tinha lhe tocado viver.

Diminuiu a velocidade da picape, desviou de uma coisa que parecia uma raiz maior aflorada, negra, reta, estranha (na floresta, ele nunca vira nada reto), e a roda esquerda bateu em alguma coisa dura.

— É aqui, Ronei, vira, para, chegamos na estrada!

O motorista diminuiu e conseguiu descrever uma curva acentuada e sacudida. Olhou, como se não acreditasse, o par de trilhos que se perdia adiante do capô. O mato se abria um pouco, se encurvando por cima da estrada de ferro com suavidade, formando um túnel que seria verde se já não tivessem entrado na sombra do crepúsculo.

— Isso? — ele duvidou, num tom que revelava toda a incredulidade. Na caçamba, o bicharedo berrava, filhotes de papagaio, arara e uma boa quantidade de tucanos enfiados em pedaços de tubo de PVC.

Havia ainda cinco caixas com três lagartos cada uma, e uma gaiola com macacos. Ah, e um filhote de anta, bem enfaixadinho e preso em uma jaula acolchoada, para não se machucar, que ia render uma quantia e tanto se fosse entregue vivo — esse era de encomenda. Dois tatus e... a caixa de cobras que valia uma fortuna. Claro que ele sabia que uns quantos iam morrer, aquele bicharedo nojento detestava ser sacudido, mas sempre havia perdas. Era uma margem com a qual trabalhava sem dar prejuízo real. Se a anta estivesse bem, ia dar para cobrir os gastos do mês. Ronei suspirou. Se adiantasse, ia lá atrás dar uns berros com os bichos, para eles calarem a boca. Mas sabia por experiência que isso só piorava a situação. E ele é que não ia acabar louco como a mãe, que falava com um bicho-preguiça como se fosse gente.

— Isso — decretou Danilo com firmeza. — Pode ir, é por aqui mesmo. É um baita atalho.

— Mas a picape não é um trem, Danilo! — protestou Ronei, abrindo as mãos sobre o volante.

— Vai por mim, é por aqui — afirmou o copiloto, abrindo a janela desconjuntada e cuspindo para fora. — Vai sacudir menos do que na estrada, pode crer.

Ronei suspirou irritado. Pode crer. Era capaz daquele besta ter razão; a estrada era tão ruim que muita gente preferia andar pelo mato ao lado dela. Engatou a primeira marcha e fez a caminhonete avançar devagar, encaixando uma roda por fora da linha do trem, sacolejando ritmicamente sobre os dormentes. De vez em quando havia dois ou três que até se igualavam, tamanha era a quantidade de detritos entre eles, folhas, galhos. Para isso, até que a floresta servia, para fechar os buracos das estradas. O motorista foi pegando confiança, encaixou uma segunda, avançou com mais segurança. De fato, se a linha continuasse em frente, iam dar certinho no igarapé. E dali, pelo que conhecia da região, chegavam fácil à prainha, e da prainha ao porto era um pulo. De repente, pensou: "Epa, espera aí, como é que a gente vai atravessar o igarapé?".

— Ô Danilo? Esse trilho vai dar na prainha?

— Vai dar na ponte.

Ronei quase freou diante da informação.

— A ponte de ferro?

— É, né, ô.

— Mas não dá para atravessar a ponte de ferro, idiota!

— Idiota é você. Atravessei ela há dois dias com o Ferreco. E não me chama de idiota de novo.

— Mas...

— Pode crer, dá pra passar. O Ferreco passou, a gente também vai.

Ronei espiou o Danilo com o canto dos olhos, sem ter coragem de desviar completamente o olhar do trilho. Se caíssem para um lado, ali, estavam ferrados. Os dormentes eram um pouco mais altos que o terreno cada vez mais alagado, e as árvores e o mato mais fechados e mais escuros. Acendeu os faróis. Acima do dossel de folhas e galhos ainda havia um tanto de luz, mas, abaixo, a penumbra era quase escuridão. Àquela altura, o trilho de ferro tinha desaparecido. Se caíssem para um dos lados, a camioneta ficaria atravessada, iam perder a carga e aí, vai que aparecesse uma onça? Ou uma sucuri? Ele já tinha visto uma cobra grande dar o bote, levar um homem para o rio, sumir com ele. Feio, muito feio. Sentiu o suor escorrendo pelo pescoço; passou a mão grande e rude com força ali, coçando com as unhas encardidas. "Deus, quero ir embora dessa merda de uma vez. Pra que eu fui nascer aqui? Meu negócio é a cidade grande, vou morar no Rio com o Guaraná, o Guaraná foi pro Rio, arrumou emprego numa construção. Pedreiro. Pode ser. Eu topo qualquer coisa, desde que seja numa cidade grande. Quero ver o Maracanã. Praia de mar. Futebol. Quando eu vender essa carga, mesmo que dê meia dúzia de réis, eu vou-me embora."

A mata se abriu diante da picape, e a ponte do igarapé apareceu.

A construção, um dia, tinha sido um triunfo sobre a Natureza, mas agora era uma ruína enferrujada que parecia incapaz de sustentar a si mesma. A estrutura era clássica, de treliça, os triângulos nas laterais interligados entre si pelas articulações decadentes e as vigas superiores cheias de cipós e ramos. Estava coberta de ferrugem, mas não foram as barras velhas que arrancaram um gemido da boca aberta de Ronei.

Foi o que já fora o chão da ponte.

O assoalho, então, era composto de dormentes desconjuntados, soltos, apoiados precariamente nas laterais da estrutura. Às vezes, entre eles havia uma fresta mais larga e o motorista tinha certeza de que enxergava a água uns dois ou três metros abaixo da ponte. O vão não era muito largo e dava para ver o outro lado, onde os trilhos reapareciam e mergulhavam na mata outra vez para, cerca de trinta metros além, surgirem na margem perpendicular à ponte por um largo espaço antes de voltar a entrar na mata. Aquele pequeno trecho da Madeira-Mamoré, que originalmente devia ladear o curso d'água, havia sofrido um desbarrancamento e agora o trilho parecia o trajeto de uma louca montanha-russa, uma descida inclinada e retorcida que quase tocava a superfície líquida antes de retornar ao emaranhado de árvores e sumir dentro dele. Metro e meio de profundidade, Ronei calculou sem pensar muito. Nada demais. Mas entre a água e a picape, três metros e muito ferro capaz de desabar se passasse de mau jeito. Olhou para o céu, distante, mas antes que abrisse a boca para esbravejar, Danilo explicou:

— Logo depois da ponte tem uma trilha que leva à prainha. É bem fácil, o Ferreco passou sem piscar. E olha que ele tinha bebido todas!

"Vai ver que foi por isso que passou", pensou Ronei, respirando fundo. Engatou a primeira de novo.

— Vocês são dois idiotas — resmungou, trincando os dentes.

— Não me chama de idiota!

Ronei não disse nada. As rodas da picape galgaram a estrutura, que rangeu inteira e estremeceu. O suor escorria pela nuca de Ronei, dedos gelados sobre a pele. Cadê o trilho que estava aqui? Não está mais. Os dormentes, era bem claro, não eram os originais.

Alguma enxurrada tinha levado o assoalho histórico e alguns doidos tinham transferido outros dormentes, para ali, formando um chão instável, provavelmente alguns dos dormentes do trecho desbarrancado mais adiante. "Tem gente que não tem nada para fazer", pensou Ronei, apertando o volante. Era um pouco mais claro ali, mas era aquela claridade ambígua do fim de tarde, pior do que a escuridão. "Hora do lusco-fusco", ele pensou. Sua mãe detestava o lusco-fusco; fechava todas as janelas, acendia uma vela para Nossa Senhora, rezava o terço. "Vai lembrar da mãe numa hora dessas, Ronei, ô idiota!", xingou a si mesmo. A picape avançou lenta e continuamente.

Um baque e um ruído na retaguarda. A água explodiu mais abaixo. A bicharada na caçamba guinchou em pânico e protesto. Ronei parou devagar e fixou os olhos no retrovisor, passando a língua nos lábios, sentindo o gosto do sal. O motor morreu. Um dos dormentes, mal encaixado no apoio sem segurança, tinha deslizado e caído no rio, logo após a passagem da camioneta. "Se uma das rodas ficar presa, tamo ferrado", ele pensou.

— Credo!

Voltou-se num salto para Danilo, que agora estava sentado ereto no banco, fitando o caminho adiante, muito pálido, os olhos arregalados. Ronei seguiu-lhe o olhar, pensando "um buraco, uma onça, uma cobra, um índio, meu Deus, vai ver a gente termina virando jantar de algum índio! Me disseram que não tem mais canibal nesse mundo, mas vai saber?".

A ponte estava vazia.

— O que foi?

— Vamo embora! — esganiçou Danilo, voltando-se para ele num fiapo de voz.

— O que tinha lá? — gritou o motorista, perdendo a paciência.

— Tinha um cara parado no meio da ponte. Pronto, foi isso, um cara com um martelo enorme, ó, desse tamanho! E um chapéu! Tinha um chapéu enorme também.

Ronei respirou fundo e passou as mãos no rosto.

— Tá, era um índio, vai ver. Ou um seringueiro. Se você

gritar desse jeito de novo, te prego a mão na cara, Danilo!

O outro afundou no banco, respirando forte.

— Não era um índio. Não era.

— Se for, dou um tiro nas fuça dele. Tô armado. Já te falei que tô armado? Pois é, tô. Não grita assim de novo, não!

— Tá. Mas não era um índio.

— Melhor. Pra onde ele foi?

Danilo balançou a cabeça numa negativa espasmódica.

— Não sei.

— Como "não sei"? Não viu? Ele pulou?

— Vai embora, pô! Já falei pra ir embora! Vamo perder o barco desse jeito! De que adianta pegar esse atalho desgranido e perder o barco? Vai, Ronei, liga logo essa merda!

Surpreso, tenso, irritado, o motorista deu a partida no motor de novo. O carro estremeceu. A gritaria dos bichos diminuiu um pouco, depois redobrou. A ponte tremeu com eles.

A camioneta avançou mais um pouco e então havia um vão de quase um metro. Dois dormentes haviam desaparecido, provavelmente derrubados pela passagem do carro de Ferreco dias antes. Ronei parou de novo, deitou a cabeça no volante, louco da vida.

— Pode crer — comentou Danilo, passando a mão pelos lábios. — Era aqui que tava o cara.

— Para de falar besteira, tá? — A voz de Ronei até que saiu gentil. — Ninguém flutua. No mínimo o coitado vinha andando e caiu nesse buraco que de certo foram vocês que fizeram quando passaram aqui bebuns. Ele vinha andando, viu o farol do carro e não olhou pro chão. E caiu.

Danilo balançou a cabeça repetidamente.

— Não foi, não foi mesmo.

— Tá, então foi um fantasma. Alma penada da Madeira-Mamoré, *buuu* — ironizou Ronei, abrindo a porta do carro.

— Cala boca! — gritou o outro, aflito. E logo, numa voz lamentável: — Aonde você vai?

— Passear na floresta, o que você acha? — replicou o motorista, fechando a porta com um estrondo. Danilo o seguiu, com as mãos tremendo.

Lá fora não estava escuro de todo, ainda. O céu era um suave lilás que se apagava. De um lado já se via estrelas. As águas do igarapé eram escuras, murmurantes e a floresta inteira parecia estar despertando. Um vento suave tocou o alto das copas, que se moveram trinta metros acima do solo e reproduziram o som da água abaixo deles. Em algum lugar, havia macacos organizando uma algazarra tremenda.

— Me ajuda aqui — ordenou Ronei para o companheiro, que deu a volta pela frente do carro, espiando com cuidado o buraco diante da picape. Lá embaixo, a água. Nem sinal do homem que tinha visto no meio da ponte, aquele que tinha sumido de repente. "Será que tem piranha?", Danilo pensou. Depois se apressou em ir ajudar Ronei.

O sujeito estava puxando um grande resto de trilho. Alguma força titânica o arrancara do chão. Havia vários outros parecidos ali na lateral. Por que estavam ali? Eles não sabiam e não queriam saber.

— Vai fazer o que com esse troço?

— A gente vai fazer um apoio para os pneus. Depois eu pego uma daquelas tábuas lá atrás, completo o apoio e a gente passa.

Danilo duvidou.

— Não vai dar certo.

— Tá, e vamos fazer o quê, agora que a gente chegou aqui no meio dessa merda de ponte que liga o nada com coisa nenhuma? — vociferou Ronei. — Anda, pega do outro lado.

Danilo obedeceu, ainda incrédulo.

— Idiota — resmungou Ronei, fazendo força. O outro não respondeu. Os dois levaram o pedaço de trilho até a frente da camioneta.

— Ui, droga! — gemeu Danilo, olhando o braço.

— O que foi?

— Me cortei com o ferro.

— Idiota — resumiu Ronei de novo, voltando para os outros pedaços e escolhendo o maior, o que se encaixava na largura da ponte. Danilo não respondeu. Olhou para o sangue que escorria da ferida e deixou algumas gotas caírem no rio abaixo. Riu curto e feio.

— Se não tinha, agora vai ter — disse. Pensava nas piranhas. As danadinhas tinham um faro... cheiravam uma gota de sangue em um mundo de água. "Pior do que perdigueiro", ele pensou. "Pode crer, muito pior!" Será que ia dar para ver as bichas quando chegassem?

— Danilo, vai ficar falando com o espírito do morto, é? — provocou Ronei.

— Cala boca — resmungou o outro. Mais escuro. Queria sair logo dali, logo, logo, o quanto antes.

Trouxeram mais um trilho. O metal contra metal estremeceu e retiniu na escuridão crescente. Encaixaram o ferro na largura. Ficava esquisito. Danilo se abaixou e tocou os trilhos com suavidade, a mão escorregando sobre o metal como uma carícia bizarra. Ronei ficou com nojo.

— Tem uma coisa estranha aqui — disse Danilo.

— Tem — concordou o outro. — A tua burrice. Vem logo, que falta uns dois.

Tiveram de procurar. Trilhos do comprimento necessário eram poucos. O suor escorria. A escuridão aumentava. A mata acordava em franca algazarra. Os mosquitos-pólvora zuniam nos ouvidos, uma tortura sonora que virava em mil picadas irritantes. Era de enlouquecer qualquer um. Os bichos na caçamba da camioneta estavam mais quietinhos agora, reclamando menos do aperto, do calor e da falta de água. Encaixaram o terceiro trilho. Ronei endireitou as costas e olhou para o improviso, duvidando. Mas tinha de dar certo. Engraçado, apenas, aquela vibração que sentira no metal quando o tinha encaixado com os demais. Quando menino, vira um filme onde um índio norte-americano se abaixava com o ouvido colado a um trilho de trem devidamente disposto e avisava aos demais a que distância o cavalo-de-ferro se encontrava. Aquilo, sim, é que era um índio! Vestido, de botina, com espingarda e umas penas na cabeça, montado num cavalo, um zaino bonito que só. Os índios brasileiros eram uns coitados. Pelados. Nem queriam saber de espingarda. Gostavam era das facas e das panelas de alumínio. Zanzavam pelo mato a pé em vez de ir para a cidade, morar numa casa decente. Ronei às vezes tinha pena e às vezes sentia raiva deles. Mas que o trilho que tinham posto no chão tremia, vibrava, ah, isso era verdade. Ronei fitou a mata. Escura, profunda, uma criatura feita de bichos e árvores, pronta para engoli-los. Era por isso que não gostava da mata. As pessoas achavam que ela era um lugar, mas ela não era. A Amazônia era uma criatura enorme, enorme, estendida no chão. Respirava pássaros, sangrava água. Comia gente, bicho, planta. Se autodevorava para crescer. "A Amazônia não tem fim", ele pensou. "Não tem fim, não tem, não tem."

Forçou os olhos para o ponto onde os trilhos da Madeira-Mamoré emergiam da mata, na outra margem, um pouco além do sobe e desce do desbarrancado. Tinha uma coisa, lá. Achou que era uma coisa que não tinha visto antes. Uma árvore, talvez, mais uma, velha, grossa, negra como o demo. Olhou de novo e de novo. As sombras são engraçadas. Parecem cada coisa,

ele pensou e olhou mais uma vez. Aquela, que ele achara parecida com uma árvore, agora parecia um trem.

Estremeceu. Decidiu que iam passar de qualquer jeito.

— Ô Danilo, vamos pegar as madeiras lá na caçamba — ordenou.

O outro não se moveu. Olhava para o mesmo ponto onde as sombras pareciam formar a maria-fumaça. Tremia todo. Ronei agarrou o braço do parceiro e o sacudiu.

— Anda, homem!

— Para! — gritou Danilo, histérico, duas oitavas acima do que era a sua voz normal. — Olha lá! Olha lá!

A sombra se moveu. Saiu da noite que já se espalhava fechada por baixo das ramagens e veio para o que restava de luz, se arrastando sobre os trilhos. Desmazelada. Coberta de ferrugem. Da chaminé emergia um lodo que se derramava pelo que restara da caldeira. Um cheiro de pão velho e embolorado chegou ao nariz de Ronei com tanta força que ele quis vomitar. Ela tinha cipós agarrados nela, como se fossem veias saltadas, e galhos presos ao redor dela. Ele riu, porque havia frangos na cabine do maquinista, frangos cacarejantes e estúpidos.

Depois, aquele ruído suave e melodioso. Um sino. *O sino*. Três toques de poesia. E depois aquele berro de vapor, um grito agudo e maldito que mergulhou em seus ouvidos e estourou um dos seus tímpanos, fazendo com que ele gritasse de dor. A luz de frente da locomotiva se acendeu, azul, doentia, lúgubre; não iluminava nada, só gelava o que tocava. Os frangos cacarejavam e esvoaçavam no interior da cabine do maquinista, desvairados, enquanto ela se movia na direção dos trilhos tortos pelo desbarrancamento, pegando velocidade a cada volta das rodas de metal decrépito.

Os animais na caçamba da picape entraram em surto. A estrutura da ponte começou a vibrar.

"Não vai dar tempo pra pegar as madeiras lá atrás", pensou Ronei, se arrastando para a picape.

— Entra no carro, Danilo! — ele gritou, sentindo a dor no ouvido e o sangue escorrendo quente pelo pescoço.

Danilo ria, enlouquecido.

— Ela vai virar! Não tem trem que passa naquele trilho torto, não tem! — ele gritava entre gargalhadas, o rosto molhado de lágrimas. — Eu não sou idiota, eu sei!

— Danilo! Entra no carro! — repetiu Ronei e, sem pensar duas vezes, ligou o motor da camionete. Olhou para o trem-fantasma que corria sobre os trilhos e viu quando ele entrou na baixada dos trilhos deformados, a toda velocidade, esmigalhando sem problema algum um tronco sólido caído sobre eles, uivando o apito louco, as rodas guinchando, o trilho inteiro se sacudindo. Atrás de si ela arrastava vagões que não eram vagões: eram a própria mata. A floresta vinha atrás da locomotiva feito uma coisa viva, uma serpente feita de terra, galhos, gente morta havia muito tempo, almas que se contorciam no fundo do penar eterno, se debruçando nos espaços que pareciam janelas e encaravam os dois homens presos na ponte com ânsia e sorna. Ronei meteu a mão na buzina.

— Danilo! — berrou e avançou para a passagem improvisada.

A maria-fumaça chegou à parte dos trilhos que se inclinava para o igarapé. "Vai virar!", gritou Danilo. "Vai virar!", gritou a parte lógica que ainda funcionava na mente de Ronei. "Tem que virar! Não tem trem que passe naqueles trilhos tortos!"

A locomotiva diminuiu e guinchou sobre a estrutura de ferro. Inclinou-se. O sino badalou solitário e baixinho, como um acidente. Os frangos, brancos e idiotas, se debatiam contra as alavancas, tingindo as plumas brancas de vermelho. Caíam para fora da cabine e explodiam em sangue e vísceras, esmagados pelas rodas de ferro, mas logo havia outros em seus lugares, tão insanos e estúpidos quanto os primeiros. Os cipós da caldeira se retorceram como se estivessem vivos, dava para ver como se retorciam. O limpa-trilhos chegou ao fundo da descendente e depois começou a subir, guinchando, as rodas girando em falso por causa do ângulo da subida, desenhando um trilho de faíscas vermelhas como o inferno. Ronei acelerou um pouco. As rodas da frente do carro passaram pelo remendo improvisado da ponte.

— Vai virar, vai virar! — resmungava entredentes, sem despregar os olhos da assombração.

Ela se contorceu como algo orgânico, inclinando-se para o outro lado. Venceu o ângulo dos trilhos como uma atração de feira e começou a subir na direção da ponte, retomando velocidade.

Ronei avançou aos solavancos. Um dos ferros que fechava o buraco na ponte escorregou com um tinido e caiu na água espalhafatosamente. Uma das pontas atingiu Danilo e o jogou na frente da picape. Ronei freou e bateu a cabeça no volante. Os animais na caçamba do carro tinham enlouquecido. A ponte toda estremecia.

O limpa-trilhos do trem-fantasma mergulhou na curva que os trilhos faziam por dentro da mata antes de alinhar com a ponte e Ronei pensou que era a sua última chance. Fechou os olhos e acelerou. Sentiu o carro derrubar o homem que estava tentando levantar-se diante do capô e avançou por cima dele soluçando e rezando. Depois, a parte de trás do carro sentou com um solavanco e a picape se imobilizou. Ronei abriu a porta e saltou para fora. Pisou na mão de Danilo e os dedos do homem se moveram um pouco. Ele gemeu. Ainda estava vivo, preso embaixo da camionete. "Desculpe", balbuciou Ronei chorando, "desculpe, desculpe". Voltou-se para a cabeceira da ponte e correu, tentando alcançar o fim da estrutura antes que o trem aparecesse.

E então parou. A maria-fumaça surgiu, maldita e magnífica, estremecendo as copas das árvores pelas quais passava, afugentando pássaros que partiam assustados como almas sem rumo. Ela uivou de novo, louca e vitoriosa. A placa de numeração, que exibira em seus melhores momentos um orgulhoso número 1, desaparecera e na frente dela só restava agora um rombo negro e decrépito pelo qual emergia a galhada de uma árvore podre e por onde escoavam o rugido infernal da máquina e os lamentos dos condenados. O limpa-trilhos era quebrado e deformado, e havia algo preso a ele, algo ainda vivo, que se debatia, agonizante. Podia ser um tamanduá-bandeira, mas não houve tempo para ver.

Ronei recuou até sentir o capô da picape atrás de si e gritou pela última vez.

O apito infernal não deixou que ouvisse a própria voz.

A Grande Geada

DIEGO MENDONÇA

I

Júnior e os amigos Gutemberg e Felipe pedalavam pela Maranhão fazendo as correias das bicicletas rangerem. A rua se tratava de uma das vinte e seis com nome de estado do município de Sorriso, Rio Grande do Sul, e era a única delas que tinha uma lombinha para que descessem de bicicleta num embalo maneiro. Ser uma via sem saída facilitava a brincadeira, pois poucos carros entravam para manobrar ou estacionar. As mães dos garotos permitiam que se divertissem ali por ser mais seguro e próximo da rua Bahia, local onde moravam.

Era uma tarde de muito calor, as cigarras zumbiam e havia um mormaço excruciante sob o sol de dezembro. Júnior se sentia mal, embora os amigos pedalassem com o suor vertendo em suas testas. Estava cabisbaixo, horrorizado, sentindo um frio espectral na pele; frio que antecedia a grande catástrofe vindoura. Júnior sabia o que estava por acontecer e seu corpo tremia ao voltar os pensamentos para seu terrível presságio.

— Qual é, Júnior, bora um contra o outro de *bike* até o fim da rua pra ver quem ganha? — perguntou Felipe, desafiador.

Júnior fez que não com a cabeça, não estava muito disposto.

— Se o Júnior não vai, eu vou — disse Gutemberg, o mais velho dos três meninos.

— Vou acabar com a tua raça, mermão.

— Bah! Aposta um refri nisso?

— Um guaraná e um salgadinho, que tal?

— Feito. No três. Um...

— Três! — Gutemberg saiu na frente.

— Ô, isso não vale! — Felipe seguiu Gutemberg como se sua vida dependesse disso.

Júnior ficou parado sobre o banco da bicicleta e olhou com gravidade os amigos se afastarem. Apreciava tudo o que via com mais deleite desde o amanhecer; admirava as pessoas em seus jardins regando as plantas, as senhoras sobre os muros fofocando, as cigarras e pássaros do meio da tarde, o homem-do-picolé que dirigia entre os pomares de Sorriso vendendo um pacote de cinco picolés por dez reais. Cara, que vida maneira tinha, como era bom estar vivo para poder perceber todos os detalhes um por um, antes que viesse a catástrofe. Não sabia quando aconteceria, mas tinha consciência de que seria em breve porque enxergara no sonho, em sua visão maldita. A mulher no noticiário dissera que "A Grande Geada", a Era do Gelo vindoura, já havia atingido a costa oeste mexicana e a estadunidense. A praia californiana estava sob o gelo. A repórter do tempo do estado gaúcho vestia casacões de neve, parecia estar pronta para uma escalada no monte Evereste, mas era apenas para suportar a nevasca porto-alegrense. Júnior saíra da frente da TV, olhara pela janela de casa e vira Sorriso debaixo de neve pesada, os ventos açoitando como um domador de leões açoitaria o animal. Vira a casa de Gutemberg destelhada e de paredes tombadas e a família dele pedindo abrigo na casa de Felipe, que vivia ao lado. Gutemberg estava enfiado em quase uma dezena de casacos e jaquetas, também tinha luvas grossas nas mãos e a pele de garoto louro estava tão pálida quanto a neve que os rodeava. Gutemberg o vira pela janela e Júnior notara a cara de choro do amigo, a incredulidade pelo que acontecia em solo brasileiro. Então acordara com a cama mijada e o colchão gelado, e a testa ardendo causava vertigem. O presságio onírico lhe enchera de horror. Memorizou o que vira, o futuro, dias adiante do 23 de dezembro que marcava o calendário. "A Grande Geada" podia acontecer em uma semana ou um mês adiante, não importava: o mundo iria acabar e só ele sabia disso. Ninguém acreditaria nele, porque já tivera visões antes, visões de coisas horríveis e que podiam ter sido evitadas se lhe escutassem. Contudo, ninguém lhe dava ouvidos; achavam que era brincadeira ou que era coisa da idade, que estava carente de atenção.

— Meu filho lê muitas dessas revistinhas de super-heróis, é por isso que ele tem essa mente imaginativa — dissera a mãe quando o levara para uma consulta num psicólogo infantil em São Miguel dos Inocentes, uma das duas cidades que faziam fronteira com Sorriso.

Mas não era inventivo coisa nenhuma; era péssimo nas aulas de redação e nas batalhas de rap que fazia contra Gutemberg e Felipe. Eles, sim, eram criativos, em especial o Felipe, que mandava rima sobre rima, versos irados e shows de bola. Júnior era tão sem engenhosidade que, se fizesse um desenho de uma casa, enfiaria um sol num dos cantos diagonais superiores, uma árvore de maçãs ao lado, algumas gaivotas no céu e pintaria a casa de roxo. As coisas que vira no presságio não foram invenções, porém queria muito que tivessem sido, pois assim "A Grande Geada" seria uma mentira. A Era do Gelo vindoura seria apenas um pesadelo, uma visão onírica sobre a qual teria que se preocupar apenas nas terras dos sonhos, e não ali, no mundo real.

Gutemberg e Felipe voltaram da pedalada, suavam muito, o sol cintilava no céu sem nuvens. Felipe estava sorrindo: havia ganhado a corrida contra o amigo que trapaceara na largada. Notaram a palidez no semblante de Júnior, o olhar vago de quem vê, mas não enxerga. Encaravam os nós brancos nos dedos do amigo que envolviam o guidão da bicicleta. Entreolharam-se.

— Algum problema, Júnior? — perguntou Gutemberg.

— Tá passando mal? Vai vomitar? — quis saber Felipe.

Júnior voltou a si. Estava devaneando no horror da visão que tivera, um horror que nem havia acontecido ainda e já sofria por antecipação.

— Tô normal, vocês que tão viajando aí. Cadê o refri?

— É que tu parecia mal — Felipe disse. — O refri é por conta do Guto.

— Refri por minha conta? Quê? — Gutemberg tirou o corpo fora. — Ah, caras, esqueci de contar! As meninas, a Marcelinha e a Andressa, vão estar com umas amigas no lago dos Namorados. Querem ir lá dar uma espiada nelas?

— Sério? — Felipe arqueou. Ele era apaixonado pela Marcelinha desde o jardim de infância. — Onde tu ficou sabendo disso?

— Ouvi minha irmã no celular ontem; convidaram ela, mas minha mãe não deixou ir. Disse que é muito perigoso um monte de gurias andarem sozinhas por aí e de biquíni.

— Cara, então elas vãos estar de biquíni! O que a gente tá esperando, bora lá!

Gutemberg sorriu para isso, iam ver garotas molhadas e em trajes de banho. Seria ótimo! Montaram em suas bicicletas e tomaram dianteira. Júnior não conseguia ter o mesmo entusiasmo deles. Não se livrava daquela visão: o horror de uma Terra congelada. Enxergara o monumento de Francisco Bonanza, em Sorriso, com uma camada de branco, o lago dos Namorados congelado e as capivaras do arroio Verde mortas de frio. Também via as ventanias pelas fazendas da região levando com sua força invisível as maçãs e peras para todos os lados, as plantações morrendo em súbita friagem. Pensava no desespero dos fazendeiros ao tentarem proteger suas colheitas como se isso fosse mais importante que achar um lugar quente e com bastante suprimentos até que o fenômeno se tornasse mais brando. Ficava imaginando os policiais, a delegada e o subdelegado num corre-corre tentando salvar vidas entre as nevascas nunca antes vistas por aquelas bandas gaúchas.

Júnior olhou para as matas nas colinas, as senhoras

fofocando; observou também a policial de cavalaria cavalgando seu alazão perto dali em pocotós; o homem-do-picolé ainda divulgando uma superpromoção de cinco picolés por dez reais. Enxergou uma vovozinha lavando a calçada de sua casa numa mangueirada d'água. Viu um senhor com um serrote na mão se preparando para serrar uma tábua; talvez planejasse construir uma casa para o seu cão vira-lata.

Foi então que Júnior percebeu que Sorriso iria perecer, que era feliz e não sabia. Gutemberg e Felipe frearam as bicicletas e olharam para trás para checar se o amigo estava mesmo se sentindo bem. Júnior continuava seguindo os amigos não necessariamente porque queria ver meninas, mas porque podia ser a última vez que veria e ouviria risadas na vida.

Chegando no lago dos Namorados não viram nenhuma menina se banhando de biquíni. Encontraram apenas um bando de tiozões de barriga de chope numa churrascada com picanha e pão de alho. A irmã de Gutemberg só queria dar uma *trollada* nele e em seus amigos bobalhões.

Pedalaram de volta à cidade sob o sol escaldante querendo estapear a nuca de Gutemberg.

II

Na virada do dia 23 para o dia 24 de dezembro, Júnior não sentiu sono. Quando a friagem viera com o crepúsculo violeta e laranja no céu da cidade de Sorriso, sentira um clique na garganta. Estava mesmo vindo, o horror do inverno súbito, o horror abaixo de zero. "Fica calmo", pensou. "Deve ser só um ventinho. Tem que ser! Precisa ser só isso!" Só que sabia a verdade, sabia que estava certo, o presságio lhe veio como um alerta: "Salve-se. Salve você e sua família". Só que ninguém acreditaria se dissesse que uma Era do Gelo estava por vir. Ninguém acreditaria que aquela caidinha na temperatura significava que uma horrenda geada jogaria uma manta de neve sobre a humanidade. Diriam que Anacleto Borges Júnior era um louco e, tadinho, só tinha doze anos. Um tantã da cabeça que ficava dizendo que o mundo ia acabar, um maluquinho que acreditava ter poderes sobrenaturais de prever o futuro. Tadinho dele.

Quando a casa dormiu (o pai, a mãe e o irmãozinho de seis anos), ele parou na janela do quarto para ver a cidade de Sorriso descansar. Viu as luzes nos postes e o vento soprando pelas árvores nas colinas e fazendas da região. Ouviu um cachorro uivando para a lua em algum lugar e se lembrou de quando teve a visão sobre os bastidores do mundo, a fenda dimensional que havia além do morro das Macieiras. Júnior sonhara com os diabretes gemendo "Ann" enquanto lustravam e carregavam as maquinarias para fazer a manutenção da lua, o satélite natural da Terra. Lembrou-se do terrível pesadelo, de como o titã ciclópico atacara o professor Jorge Schultz e sua esposa quando entraram naquele espaço que humano algum jamais deveria ter entrado. Lembrou-se de quando pedira para ter uma conversa com o professor, a sós, depois da aula ("É um assunto urgentíssimo, professor, e não dá pra esperar!", Júnior dissera. Jorge Schultz, um senhor de sessenta anos, vira gravidade na expressão do menino e ficara um pouco a mais depois do expediente para ouvir o que ele tinha a dizer. Talvez o menino pensasse que fosse reprovar por algum motivo ou talvez estivesse tendo problemas em casa e não soubesse a quem recorrer) e, quando Júnior se vira só diante do professor e dissera que não era para ele jamais ir ao morro das Macieiras com a esposa pois uma coisa muito horrível aconteceria lá por causa disso e daquilo, o professor dera risada e dissera que as aulas de literatura haviam mesmo o fisgado. "Tu tens que se tornar escritor, Júnior, isso que acaba de dizer tem cara dos contos de horror de Lovecraft e os romances de Stephen King. Investe nisso, sério, és mui criativo." O professor pegara a pastinha de mão e partira. Júnior saíra da sala arrasado com a descrença; em nenhum momento seu professor de português e literatura pusera o que fora dito em ponderação.

Ninguém nunca acreditava no que dizia. Nunca. Teve a vez que sonhara com a mulher demoníaca da adaga negra, a que passara por Bom-Dia, região metropolitana de São Miguel dos Inocentes (que também abrigava Sorriso), para drenar energia vital masculina. Naquele sonho Júnior vira Lorenzo Vergara morrer pelas mãos daquele demônio feminino. A *coisa* estava em um bar com uma taça de bebida alcoólica que imitava sangue, sensual, maravilhosa; a mulher mais linda e sedutora que Júnior já contemplara. Ela aguardava a vítima ideal para atacar; queria acasalar e depois matar, como uma viúva-negra. Enquanto espreitava no bar, ela era como uma aranha tecendo sua teia, uma aranha que espera capturar uma mosca grande para o almoço. Então Vergara caíra na armadilha, um advogado bonitão que trabalhava para a família de Júnior desde que o pai quebrara a perna no serviço e nunca mais voltara a andar sem muletas. Depois do sonho e antes do ataque da Viúva-negra, Júnior *avisara* Lorenzo do perigo; dissera que uma coisa muito ruim aconteceria caso Vergara fosse ao pub com os amigos em Bom-Dia. Dissera ao advogado que o que lhe contaria pareceria ser mesmo coisa de louco, mas era verdade *verdadeira*: algo muito terrível aconteceria ao término daquela noite. Pedira para que depositasse fé no que estava dizendo; jurava pela vida da mãe (até por Deus!) que não era mentira. Mas o idiota o ignorara, pensara ser loucura de criança, um louquinho que não tinha o que fazer além de passar trotes para gente ocupada. E, depois de tudo o que acontecera com Lorenzo, a mulher demoníaca aparecera em um dos seus sonhos. Ela sabia que o menino tinha um dom especial e com isso o provocara: "Ó, Júnior, não resista, não minta para mim, amorzinho. Sua parte debaixo não mente e, ah, tu nem deve ter sido tocado ainda. É uma fruta verde! *Adoro* frutas verdes!" Foi quando ela estava prestes a lhe tomar a vida com a Adaga Negra que Júnior despertara horrorizado. Aterrado com um possível retorno da mulher demoníaca, contara na manhã seguinte tudo sobre o súcubo aos amigos.

— Ela era gostosa? — Felipe perguntara. Estava alheio ao horror explicitado por Júnior. Só tinha interesse no que implicavam os seus hormônios.

— É, cara, ela era gostosa. Essa pergunta é mesmo importante?

— Claro que sim! — Gutemberg interveio. — Vai que era uma baranga. Tu disse que beijou ela. Teu primeiro beijo de mentira seria com uma mulher demoníaca baranga.

Então entendera que não dava para contar nada para eles, pois eram moleques e não levavam nada a sério.

Depois disso o súcubo sumira de vez e, por algum tempo, Júnior ficara em paz quanto aos horrores do futuro que lhe vinham à mente sem permissão.

O último vislumbre do futuro que teve antes do presságio de gelo e neve acontecera no dia 3 de dezembro, dois anos antes. Sonhara com a família Maldonado da rua Goiás e o banho de sangue que aconteceria na noite de Natal. Olívia, Lauro e a filha deles, Nicole, teriam suas vidas arruinadas por causa de desentendimentos. Naquele sonho presenciara o rosto do subdelegado de Sorriso, Lisandro Teixeira, um homem austero e íntegro, dominado pela culpa de não ter percebido o crime acontecer logo ao lado de sua residência. Naquele sonho enevoado, Júnior não sabia quem era o verdadeiro assassino do caso, mas sabia *quando* ia acontecer! Embora consciente de sua fama de louco entre os adultos da cidade, correra até a delegacia após o último dia de aula e pedira para falar com Lisandro Teixeira, o subdelegado, e só podia ser com ele, nenhum outro policial lhe interessava.

— Fale a que veio, guri — disse o subdelegado à mesa, de óculos, e mexendo em papéis importantes. — Tu és o Júnior do Anacleto Borges, correto?

— Isso, senhor. Eu vim falar com o senhor uma coisa muito importante. E quero que não me trate por louco, pelo amor de Deus. Não sou louco! Juro! Juro!

Lisandro Teixeira encarara

Júnior com desconforto e dissera:

— Pois bem, estou ouvindo.

— Os Maldonado vão morrer na véspera de Natal desse ano, perto da meia-noite. Alguém vai matá-los e sei que o senhor mora perto deles, por isso vim pedir para que fique de olho.

O subdelegado apertara os lábios e o encarara com dureza:

— Quem te disse isso, guri? É algum tipo de pegadinha entre tu e os teus amigos? É uma aposta?

Mostrava assertividade no que dizia, mas o que temia acontecera: Lisandro Teixeira lhe julgara mesmo louco. Ligara para os pais de Júnior e dissera que ele estava na delegacia inventando barbaridades. O filho deles afirmava que gente ia morrer e que havia assassinos numa comunidade pacífica como Sorriso, que não registrara nenhum crime grave nos últimos anos. Partira de Lisandro Teixeira sugerir que Júnior frequentasse um psicólogo para que acalmasse sua compulsão de mentir o tempo todo. A mãe ouvira o que o subdelegado dissera e com isso Júnior ficara mesmo conhecido como louco pela cidade. Porém o Natal daquele ano chegara e o que já sabia, por fim, acontecera.

Lisandro Teixeira encontrara Júnior meses depois do ocorrido com os Maldonado e o subdelegado mostrara expressão de culpa no rosto. Culpa e horror.

"Eu avisei", pensara. Porra, meu. Eu te avisei!"

Agora, na janela do quarto, sentindo o frio lhe roçar a pele e ouvindo o uivo do cão, Júnior não sabia se ia contar para alguém sobre "A Grande Geada". Achava que o desacreditariam, que o tratariam por louco.

O vento ululou na rua e isso lhe deu um frio na espinha.

Ele voltou para a cama e desatou a chorar.

III

No dia seguinte, contou tudo aos pais, desde os bastidores do mundo ao caso Lauro Maldonado. A mãe não teve paciência para ouvir as besteiras do filho, julgou ser coisa para chamar atenção; já o pai, um homem debilitado nos movimentos da perna, não foi tão abrupto em se afastar. Acabou ouvindo tudo, embora desacreditando de cada palavra proferida.

Quando finalmente falou sobre "A Grande Geada", o pai lhe mandou parar de historinhas e arranjar o que fazer.

— Isso é papo de louco, Júnior — o pai disse. — Só porque esfriou um pouquinho não quer dizer que o mundo vai se acabar em tempestades de neve. Vai brincar, vai. Deixa eu ver o jornal do dia e para de encher o saco.

Com isso Júnior se afastou pisando forte e com os olhos cheios de lágrimas. "Por que não acreditam em mim? Por quê?"

Ele ouviu a mãe preparando o peru para ceia de Natal e o irmãozinho brincando com os carrinhos que antes foram seus. Ouviu os tec-tecs da muleta do pai, que se levantou para ligar a televisão. "Idiotas, burros, estúpidos", pensou, contendo as lágrimas. "A gente podia se esconder em algum lugar. A gente podia sobreviver todos juntos em um lugar quente. Por que não me ouvem?" Escutou a repórter do tempo na TV, a mesma que vira no presságio, dizer que uma onda de frio repentina havia se alojado no sul brasileiro, mas que era passageiro. Haveria uma brusca queda de temperatura no meio do verão e que não deveriam se alarmar: em breve a frente fria seguiria seu rumo e tudo voltaria aos típicos calores tropicais brasileiros.

— Mentirosa — murmurou. Estava sentado no degrau da porta da frente de casa com o queixo sobre os joelhos. O vento soprava forte entre as árvores, o frescor cínico da "Grande Geada" que se aproximava.

Júnior estava ao mesmo tempo aterrado e impressionado. No dia anterior, quando fora com os amigos até o lago dos Namorados para espiar as meninas de biquíni, Sorriso tinha aquela aura de verão: sol, calor, suor. Agora pareciam estar num outono! O céu estava cinza-escuro e o clima, soturno, como se os raios de sol pelejassem para trespassar as nuvens densas e carregadas. As árvores estavam desfolhando e os pássaros já nem mais cantavam sobre os galhos. "Devem ter migrado", Júnior pensou. "Devem achar que o inverno chegou antes do tempo. E, na verdade, chegou mesmo. Chegou pra todo mundo!"

Gutemberg apareceu na rua vestido em um conjunto de moletom preto. Estava puxando a bicicleta ao lado de si. Gritou por Felipe, como sempre fazia, e o esperou. Felipe apareceu, pegou sua bicicleta e ambos os garotos abanaram para Júnior. Eles estavam empacotados; deviam ter desenterrado do roupeiro as roupas do frio como Júnior fizera pela manhã. Jeans, camisa de manga longa e uma jaqueta de couro. E, caramba, ainda estava frio, muito frio. Ergueu-se da soleira da porta e andou até a garagem para pegar sua bicicleta.

— Mãe, tô indo com os guris até a rua Maranhão! — Júnior berrou do meio da rua Bahia.

— Vai, mas não se demora. Volta antes do anoitecer — a mãe berrou de volta.

Chegando na rua Maranhão, Júnior contou tudo para os amigos sobre "A Grande Geada"; sobre a visão da Era do Gelo que acabaria com o mundo como o conheciam. Gutemberg e Felipe se entreolharam, acharam ser uma boa história de terror, mas não acreditaram que o mundo iria perecer em neve e placidez, um apocalipse preguiçoso.

— Só esfriou um pouquinho, cara, isso não quer dizer que o mundo vai acabar em gelo. — Felipe praticamente replicou as palavras do pai de Júnior. — Tira a parte da neve e até dá pra acreditar.

— Mas não é mentira! É verdade! Por que é que ninguém acredita em mim?

— Porque tu é um mentiroso compulsivo, cara. As pessoas na cidade dizem que tu é maluco, sabia disso? Que tu é louco!

— EU NÃO SOU LOUCO! — e enfiou um soco torto com todas as suas forças no nariz de Felipe. O amigo caiu por cima da própria bicicleta e se lanhou por inteiro. Um pouco de sangue ficou nos dedos de Júnior. — Não sou...

Depois do soco se arrependeu do que fez; quis ajudar,

mas Gutemberg lhe disse para sair de perto, pois, se tentasse algo, iria lhe dar uma surra. Júnior recuou; Gutemberg era maior e mais velho. Pedalou de volta para casa com remorso de ter tirado sangue do nariz de um dos seus melhores amigos.

A noite de Natal por fim chegou. Júnior tomara uma bronca porque a mãe de Felipe batera boca com seus pais sobre manter o filho disciplinado. Teria apanhado de fivela de cinta se o pai não tivesse que se apoiar em muletas, daí só ganhara um castigo de um mês sem bicicleta e videogame.

Comeu o peru na véspera saboreando a refeição com o ímpeto de quem nunca mais iria comer algo tão gostoso. Comeu até as uvas-passas que odiava. Comeu tudo o que tinha direito.

Na manhã seguinte, no dia 25 de dezembro, Sorriso amanheceu sob neve. Apesar da manta branca de gelo encobrir tudo, era um dia bonito, calmo. Foi um prato cheio para o irmãozinho de Júnior, que pensou que o Papai Noel havia passado por ali com as renas, deixou os presentes sob o pinheiro da casa e uma amostra do Polo Norte. Embora os noticiários negassem os horrores da Era do Gelo, anunciando que em breve o frio iria passar, ele sabia que era mentira. Dali em diante, quase que literalmente, a bola de neve só cresceria.

Júnior olhou pela janela com horror ao ver as crianças de Sorriso brincando com a neve. Construíam castelos e bonecos, e pelejavam com bolas de neve como viam fazer as crianças nos filmes hollywoodianos. O pai perguntou se ele não ia na rua brincar um pouco na primeira neve de Sorriso na história, e respondeu que não, que estava bem onde estava. A verdade era que queria manter o calor consigo o máximo que podia, queria estar próximo dos familiares antes que as nevascas derradeiras começassem. E, para sua falta de sorte, não demoraram a chegar. Naquele mesmo dia, perto da hora do almoço, a ventania açoitou a cidade. As mães gritaram para que os filhos voltassem para dentro de casa e Júnior notou que a rua

A GRANDE GEADA

Bahia se tornou um deserto branco de gelo. Olhou para as árvores do morro das Macieiras e mal as viu; a neve entorpecia a visão como se olhasse através de um vidro embaçado (coisa que, aliás, estava mesmo fazendo). A neve era a manifestação tangível daquele horror, porque o horror sensível era o que roçava a pele, o frio. Junior sentia o nariz duro tomado por uma espirradeira. A mãe estava pálida, o pai com dor no osso fraturado da perna e o irmãozinho tossia como um tuberculoso. No noticiário daquela manhã, os repórteres de São Miguel dos Inocentes andaram pela região metropolitana mostrando os pontos turísticos sob o efeito da massa polar. Júnior vira o lago dos Namorados congelado; o morro das Macieiras sapecado de gelo; o monumento gaudério e ostentoso de Francisco Bonanza debaixo de neve. Sim, tudo lindo mesmo. Mas não mostraram os indigentes que morreram de frio, as capivaras do arroio Verde, as lavouras devastadas. Não mostraram metade do caos! Todos viam apenas a beleza da situação, jogaram todo o resto para debaixo do tapete, sim, Júnior percebia isso. Mas não era muito diferente do que faziam antes daquele fenômeno: fechavam os olhos para todas as tragédias até que um horror maior que não podia ser camuflado explodisse em suas faces. Para ele, esse tipo de comportamento resumia o ser humano.

Então tudo começou a ruir de vez e as nevascas se intensificaram. Cães uivavam para a lua e a repórter da TV já não mais podia mentir para os espectadores. Disse que tinha algo de errado acontecendo: havia uma anomalia na Terra e os estudiosos de Harvard e Cambridge estavam empenhados para descobrir a causa daquela súbita friagem.

No dia 27 de dezembro, os pais de Júnior não sabiam como a energia elétrica chegava por aquelas bandas de Sorriso, mas com isso puderam ficar ligados ao mundo externo por algum tempo (não conseguiam nem pensar em sair para a rua). Não tinham aquecedor em casa, o irmãozinho de Júnior tossia como se fosse pôr os bofes para fora. A mãe ligava para o hospital ou um médico particular para tratá-lo daquela tosse assustadora, porém as linhas telefônicas estavam todas congestionadas. A internet também estava do avesso, o pouco que conseguia se carregar naquela lentidão excruciante (e mais lenta que o normal) do provedor que pagavam de nada adiantava. Na madrugada do dia 27 para o dia 28 de dezembro, o irmão de Júnior amanheceu morto, duro de frio. Choraram muito sobre o cadáver do caçula.

Foi no 28 de dezembro que a mulher do tempo chamou o súbito inverno de "A Grande Geada". Nomearam a Era do Gelo como se fosse ser apenas um evento passageiro que mataria milhões e depois sumiria. Só que naquele horror onírico, no presságio, Júnior vira que tão cedo "A Grande Geada" não terminaria. Então ouviu um ribombar estrondoso, como se o céu estivesse se partindo ao meio. Correram para a janela e viram a casa da família de Gutemberg em destroços. De lá saiu gente ferida, muito agasalhada. Correram até a casa dos vizinhos em busca de abrigo. A neve estava alta naquele dia; já havia subido mais de um metro do chão. Mal conseguiram entrar pela porta da casa da família de Felipe.

Júnior viu Gutemberg pela janela e notou aquela expressão de choro que enxergara no presságio.

A energia elétrica por fim caiu e não puderam mais se manter informados com a televisão. Estavam cercados pela neve e com o frio de gelar os ossos.

No meio do dia 28 de dezembro, o teto da casa de Felipe ergueu voo; a ventania estava se esforçando para se equiparar a um furacão. A família de Gutemberg e de Felipe buscaram refúgio na casa de Júnior. Foram recebidos com abraços e lágrimas. A mãe de Júnior contou a todos que o caçula estava morto e a mãe de Gutemberg disse que a sua caçula, a menina, também havia morrido.

As famílias choraram sob os gemidos do vento e do açoite da neve.

Gutemberg e Felipe se aproximaram de Júnior, receosos

com o que ele podia dizer. Estavam pálidos de frio e de horror. Agora viam o amigo como um tipo de profeta.

— A gente acredita em ti agora, Júnior — disse Felipe.

— O que a gente faz pra sobreviver? — perguntou Gutemberg.

Novamente um som assustador; a princípio pensaram ser a casa de Júnior a ruir, mas não, eram outras casas no fim da rua. Ouviram então um estranho rugido ensurdecedor e todos recuaram da janela, menos Júnior — Júnior não tinha visto essa parte no presságio. Assim sendo, mesmo apavorado, avançou até a janela para procurar a origem daquele silvar.

— Júnior! Júnior! Se afasta da janela! — berrou a mãe.

Mas ele se aproximou mais, olhou com dificuldade através do vidro embaçado e da tempestade de neve. Lá longe, no fim da rua Bahia, viu um estranho monólito branco despencar do céu. Houve um abalo sísmico, depois um rugido. Júnior observou o monólito se mover e percebeu que não era um monólito colossal, mas a pata de uma criatura absurdamente grande, pois viu uma segunda, e uma terceira, a quarta; viu oito delas no total.

Júnior caiu sentado no chão ao ouvir novamente o sibilar da aranha invernal e foi incapaz de conter a risada.

— Não dá para sobreviver, Gutemberg — Júnior disse aos risos. — Nunca seria possível. Não somos nada. Nós nunca fomos alguma coisa. Nós vamos morrer. É o nosso destino. Sempre foi, sempre será.

Então os risos morreram e Júnior desatou a chorar.

Lótus Negra

THE WOLF

Rio de Janeiro, julho de 1927

Kristofer Vinter se inclinou mais sobre a escrivaninha de seu escritório, avaliando com minúcia a carta que acabara de receber. O remetente era Quon Guo, um amigo de longa data, e, em tom de urgência, sua correspondência trazia informações a respeito de um caso que, o homem julgava, poderia lhe interessar.

Vinter estreitou os olhos para o texto. Guo falava de uma situação muito peculiar que se passava na província de Hunan, ao sul da China, onde uma jovem era mantida encarcerada em sua residência pelos moradores locais. Seu crime havia sido o assassinato da própria avó, a mulher que a criara como filha após o falecimento de seus pais. Li-Hua fora encontrada ainda no local onde se dera o ato criminoso, aos pés da velha senhora, coberta com o sangue que vertia dos ferimentos que lhe infligira sem que fosse oferecida uma chance de defesa. Desde então, todos no pequeno vilarejo a acusavam de ser um demônio encarnado.

O profissional bebeu um gole de café forte logo que terminou a leitura da carta. O assunto era de seu interesse, de fato, e lhe parecia uma boa oportunidade de pôr em prática certos conhecimentos que adquirira ao longo dos anos como estudioso de fenômenos sobrenaturais.

Era um demonologista, embora preferisse denominações menos afetadas, e conhecia bem o país em questão. Seus pais, ambos suecos, haviam se estabelecido durante um longo período em Xangai, onde Vinter, ainda criança, aprendeu o idioma chinês — que ainda dominava habilmente, a despeito do sotaque carregado que teimava em se insinuar nas falas prolongadas.

Por conta das dificuldades financeiras trazidas pela Guerra Sino-Japonesa na década de 1890, viu-se a bordo, junto de seus familiares, de um navio que rumava para a até então desconhecida América do Sul. Quando deu por si, era um sueco radicado em solo brasileiro, mais precisamente na região conhecida por seus atributos dignos da alcunha "Paraíso Tropical": a cidade do Rio de Janeiro.

Kristofer Vinter se estabeleceu como historiador e jornalista, mas paralelamente desempenhava aquela que julgava a mais importante de suas funções. Ávido por leituras e um grande pesquisador do oculto, testemunhara diversas manifestações de fenômenos inexplicáveis e casos de paranormalidade, tornando-se, entre os círculos de parapsicologia, uma referência na identificação e catalogação de episódios legítimos.

Tinha amplos conhecimentos de lendas nascidas em terras antigas e era até mesmo capaz de estabelecer comunicação com certas entidades. Os lugares por onde passou sempre apresentavam mistérios, mas muitos deles — a maioria, a bem da verdade — não passavam de fraudes. Se não acabasse se revelando uma farsa como tantas outras que encontrara em seus anos de estudo, a oportunidade de retornar à terra onde passara sua infância poderia lhe representar a chance de obter reconhecimento internacional.

Dobrando a carta com cuidado, o profissional se levantou e se preparou para uma longa viagem que o levaria ao outro lado do mundo. Uma vez mais, a China seria seu destino.

Província de Hunan, agosto de 1927

A China era ainda mais bela do que se lembrava, com sua vegetação característica e o clima úmido que emoldurava as plantações de arroz. As áreas de cultivo se estendiam a perder de vista, e nem mesmo o calor do verão e os insetos incômodos conseguiam diminuir a satisfação que Vinter sentia por pisar novamente naquelas terras.

Estabeleceu-se na residência de Quon Guo, em Changsha, capital da província. O nome, que tinha por significado "sul do lago", parecia muito apropriado à cidade que se localizava ao sul do lago Dongting. O lugar era agradável e lhe prometia algumas aventuras — não de todo prazerosas, ele podia antever.

— Em anos, este caso foi o que mais despertou minha curiosidade — disse Vinter em mandarim carregado enquanto, na condição de hóspede, recebia uma xícara de oolong de seu amigo. — Confesso que estou bastante intrigado.

Guo bebeu um gole de seu chá e balançou a cabeça em afirmação. Os óculos de aros finos e a postura que sugeria sabedoria lhe eram característicos. Era professor de matemática, mas não se restringia ao estudo das coisas práticas, aquelas que apenas o raciocínio lógico podia entender e explicar. Conhecia e respeitava o mundo espiritual e, acima de tudo, os fenômenos que estavam além da razão humana.

— Nunca vi algo parecido, devo dizer, e é quase certo que a jovem esteja sob influência de espíritos obsessores — observou o chinês num tom plácido que não mascarava de todo o receio que guardava em seu íntimo. — Dizem que ela mexe com poções, domina as artes obscuras... Não tive a oportunidade de examiná-la em pessoa, mas você poderá vê-la e tirar suas próprias conclusões.

Por "não ter a oportunidade", Vinter compreendia que seu amigo se referia ao alto valor cobrado àqueles que desejassem entrar na casa da jovem, onde ela era mantida cativa pelos próprios vizinhos que, munidos de gadanhas e outras ferramentas, revezavam-se na tarefa de impedir que alguém entrasse ou saísse pela porta.

Como quem se lembra de algo importante, Guo se levantou de repente e foi até a estante simples repleta de livros na outra extremidade da sala. De dentro de um dos volumes, tirou uma ilustração em nanquim e a ofereceu ao visitante.

O demonologista avaliou o desenho com cuidado. Ele fora feito pelo professor a partir de depoimentos colhidos daqueles que estiveram no local do crime e mostrava, com impressionante riqueza de detalhes, uma mulher idosa deitada de costas sobre um tapete. Seu pescoço estava rasgado de fora a fora. Ajoelhada ao seu lado estava uma jovem de rosto delicado e longos cabelos negros. Sua expressão era compadecida, até mesmo triste, mas era impossível dizer com certeza o que se passava em seu coração.

Algo na cena deixou o profissional desconfortável. Naquele instante, ele teve a nítida impressão de que o caso em questão estava longe de ser uma fraude.

— Amanhã — disse o chinês enquanto avaliava a reação do amigo ao episódio retratado.

Vinter fez menção de devolver o desenho a Guo, mas ele o recusou com um gesto. E então, guardando a ilustração no bolso da camisa de linho, disse com ar pensativo:

— Amanhã.

A chuva caía fina e constante na área mais afastada da província, e as estradas lamacentas pareciam querer sugar os pneus do veículo para o centro da Terra. Kristofer Vinter fazia anotações daquilo que julgava digno de atenção pelo caminho e, a seu lado no banco de trás do carro de aluguel, Quon Guo volta e meia fazia uma observação ou contava uma rápida história sobre algum evento que se dera naquela região.

Nada havia na localidade que sugerisse a ação de forças sobrenaturais e, quando chegaram a uma casa de tijolos de barro situada no alto de um pequeno monte, o demonologista se perguntou se existia, de fato, alguma coisa que pudesse fazer ali — um trabalho notável, digno de reconhecimento, diferente dos casos de menor repercussão como os que investigara inúmeras vezes.

A construção solitária parecia tão comum quanto qualquer outra, salvo pelos camponeses armados posicionados de ambos os lados da porta de entrada. Guo preferiu aguardar no veículo enquanto, protegendo-se da chuva como pôde, seu amigo estrangeiro saltou e desviou das poças que se formavam na trilha que levava à modesta habitação.

Quando os esforços da guarda eram voltados para sufocar uma revolta iminente, não havia autoridade que desse grande importância ao caso da jovem acusada de assassinar a própria avó. Na clandestinidade, os ativistas do Partido Comunista recuaram ao interior, onde acabaram por promover um levante militar no primeiro dia do mês, unindo forças a rebeldes camponeses e passando a gerenciar várias áreas do sul. Com o campo comunista danificado e o pessoal competente voltado a um propósito mais urgente, restou aos cidadãos do vilarejo a decisão sobre o destino da suspeita do crime.

Tentando não aparentar descontentamento, Kristofer Vinter ofereceu a um dos camponeses a quantia que lhe foi pedida. Era, de fato, uma soma exorbitante para se ter direito a entrar num casebre, e esperava que a visita valesse a pena.

Quando se viu dentro da pequena habitação, o estrangeiro precisou de um momento para que seus olhos se habituassem à penumbra. O barulho da chuva sobre o telhado chegou alto aos seus ouvidos, e logo um cheiro característico se insinuou por suas narinas. Lembrava-lhe incenso, mas existia algo mais que ele não era capaz de identificar.

Havia um tapete no cômodo, que o demonologista reconheceu como sendo aquele representado na ilustração feita pelo amigo que o esperava no carro de aluguel. Teve o impulso de se abaixar para avaliá-lo melhor, mas algo chamou sua atenção antes que o fizesse.

Em algumas prateleiras dispostas na parede lateral estavam organizados cristais, frascos que continham diversos líquidos, objetos metálicos e até mesmo alguns livros encadernados em couro antigo. Guo o havia alertado que a mulher — ou a entidade que a possuía — era conhecedora da arte de preparar poções, e os fluidos de fato tinham um aspecto venenoso, o que fez com que o profissional não se atrevesse a tocar ou cheirar qualquer um deles.

Havia também uma flor de lótus acomodada com cuidado sobre um pratinho de porcelana, mas suas pétalas não tinham os tons claros usuais. Eram negras como a noite, tão escuras e aveludadas que pareciam feitas de seda pura. O homem não soube precisar o motivo, mas, apesar da inegável beleza que tinha diante de si, a visão da flor lhe trouxe uma sensação ruim.

Tomando notas do que via, o profissional se dirigiu a uma cortina de contas que separava os dois cômodos da pequena habitação. Seus olhos atentos se depararam, então, com uma jovem sentada sobre um catre baixo. Ela tinha feições delicadas e cabelos negros que lhe caíam até a cintura. Vestia-se com modéstia e, como o homem não pôde deixar de reparar, era a mulher mais bela que já vira algum dia.

Mantendo-se atento para a manifestação de qualquer presença sobrenatural, Vinter se aproximou devagar, com cautela, dobrando um joelho a fim de observar melhor a cativa.

— Olá — cumprimentou-a com sotaque carregado. — Como se chama?

A jovem não respondeu. Em vez disso, encolheu-se mais, dobrando as pernas e as envolvendo com seus braços esguios.

O profissional baixou a cabeça por um breve momento. Em geral, sua experiência permitia que lidasse com os casos que lhe eram apresentados de maneira objetiva, quase automática, mas não estava certo de como proceder naquela situação específica.

Vinter sabia seu nome. Li-Hua Ma. Era um belo nome, mas não pretendia dar a entender que já o conhecia. Preferia que a jovem mulher à sua frente o encarasse como mais um dentre os curiosos que pagavam para visitar seu cativeiro, não como um especialista que, antes mesmo de conhecê-la, tivera acesso a certos detalhes de sua vida pessoal. Assumiu uma postura amigável, sondando o lugar e a prisioneira como se aquela se tratasse de uma passagem corriqueira à casa de uma velha amiga.

Ao perscrutar o rosto suave e harmonioso da chinesa, não pôde deixar de se perguntar se ela havia sido realmente capaz de cometer o ato hediondo do qual a acusavam.

— Eu amava minha avó. — Ela de repente lhe lançou um olhar mordaz, como se tivesse sido capaz de ler seus pensamentos. O tom de voz era baixo, com seu mandarim misturado a algum dialeto que ele não era capaz de classificar, e melodioso apesar da ligeira rispidez.

Observando-a com atenção, Kristofer Vinter não identificou qualquer indício de possessão no fundo daqueles olhos escuros. Ela parecia falar por sua própria vontade e de modo sincero, mas isso não o fez baixar a guarda por completo.

— Entendo — assentiu o demonologista com cautela, notando que a cativa parecia faminta. Não havia no quarto sinais de que lhe fora oferecida uma refeição naquele dia. — Se está presa aqui injustamente...

— Não saio daqui porque não quero sair — Ma o interrompeu — Esta é minha casa.

Cansando-se da posição em que se encontrava, o homem se sentou no chão devagar, aos pés do catre. Muitos pensamentos lhe cruzaram a mente naquele momento, e a ideia de que se encontrava diante de um terrível engano começou, então, a se sobressair às demais. A bela garota podia nem mesmo ser a assassina — estava longe de dispor de força física para tanto, e o fato de dominar o preparo de poções não representava uma prova concreta de sua suposta má índole. Li-Hua talvez estivesse assumindo a culpa para proteger alguém; um homem, muito provavelmente. Talvez até mesmo um amante. As possibilidades eram inúmeras e, ao que tudo indicava, não envolviam qualquer coisa de sobrenatural.

— Querem me matar — disse Ma em um tom sombrio, mas ainda assim melífluo e agradável de se ouvir.

— Quem? — indagou o profissional enquanto guardava o caderno de notas no bolso. Faria, ou tentaria fazer, as anotações mentalmente.

— Muitos. — A chinesa fixou o olhar em algum ponto da cortina de contas. — Já recebi minha sentença.

Vinter bem podia imaginar o destino de uma jovem solitária acusada de um crime contra um membro da família. Muitos no vilarejo podiam temê-la, acusá-la de bruxaria ou de pacto demoníaco, mas o fato era que, para cada homem que a temia, certamente haveria muitos mais para subjugá-la. Não faltariam indivíduos dispostos a se aproveitar de seu corpo vulnerável, se é que ainda não o tinham feito, e era compreensível que ela se mantivesse arredia e desesperançada.

— Talvez fosse melhor que eu tivesse morrido logo que nasci — sussurrou Li-Hua Ma, como que num complemento da linha de raciocínio do visitante. — O Criador não foi tão misericordioso.

Ele engoliu em seco, começando a se sentir desconfortável com aquela situação. Algo na jovem lhe despertava compaixão, até mesmo simpatia. Já vira inúmeras entidades capazes de provocar tais sentimentos naqueles que se dispunham a confrontá-las, mas não parecia ser o caso. Era notável que Ma estava abatida e melancólica, e precisava de tratamento médico, não espiritual.

Fazia calor na casa de tijolos de barro, e o som constante da chuva era hipnótico sobre o telhado. Queria fazer muitas perguntas a ela, mas sua mente tinha dificuldade de seguir uma linha reta. Estava confuso e, de certo modo, embevecido pela beleza sombria daquela jovem desconhecida.

— Estrangeiro — chamou ela, arrancando-o mais uma vez de suas divagações. —

Conhece a fábula do sapo e do escorpião?

Ele balançou a cabeça numa afirmação, ao passo que a garota, mirando-o nos olhos com algo que parecia uma resignação tormentosa, proferiu com sua voz baixa e aveludada:

— As pessoas julgam porque é de sua natureza julgar. Eu nada posso fazer quanto a isso.

Antes que pudesse responder, Kristofer se viu interrompido por um dos guardas. De maneira rude, o camponês lhe lembrou que o tempo da visita havia chegado ao fim e, caso quisesse continuar ali, o demonologista deveria desembolsar novamente a quantia paga na entrada.

Sem dispor de dinheiro suficiente consigo, Vinter se despediu da jovem cativa e retornou ao carro de aluguel. No caminho de volta para a residência de Quon Guo, discutiu aquele caso com seu amigo, garantindo-lhe que não passava de uma situação complicada que ainda não tivera seu desfecho, mas que não possuía ligações com o oculto. Devolveu-lhe a ilustração e, quando chegaram ao seu destino, tratou de queimar as folhas que continham suas anotações mais recentes.

À noite, o especialista não conseguiu dormir. A preocupação com a sorte da garota que, com seu físico e emocional sitiados, mantinha-se à mercê de julgamentos superficiais crescia em seu íntimo.

Li-Hua de certo acabaria sendo morta tão logo não despertasse mais a curiosidade de pessoas dispostas a pagar para vê-la. Sua existência dependia de quão lucrativa podia ser, e essa perspectiva o atormentava de modo profundo. Era uma completa desconhecida, mas, ainda assim, apenas uma jovem privada de seus direitos elementares, e ele não podia permanecer indiferente a isso.

Vinter não havia atravessado o mundo para se manter na condição de mero espectador. Desembarcara no Oriente com o intuito de realizar um trabalho, e seria exatamente isso o que faria.

Era noite alta quando o demonologista deixou a casa de seu amigo e, sem avisar, chamou um carro de aluguel. Tirara o dia para preparar tudo o que fosse necessário e julgava estar com todos os detalhes em ordem para cumprir com o propósito que tinha em mente.

Quando desembarcou em frente à casinha de tijolos de barro, constatou com certo alívio que havia apenas um homem guardando a porta. A grande soma oferecida foi o suficiente para que a sentinela não se opusesse a uma fuga e, assim o profissional esperava, seria também o suficiente para comprar seu silêncio — ao menos até que ele e Li-Hua Ma estivessem a uma boa distância dali.

Uma vez apresentada a proposta à jovem, ela pareceu pensativa por um instante, mas acabou concordando em deixar seu lar junto do estrangeiro. Entre fugir com um homem desconhecido e esperar que a morte viesse a seu encontro naquela casa, Vinter julgou que ela escolhia com sabedoria. Naquele momento, ele era sua melhor opção.

Ao se dirigirem à porta, a garota pediu que o especialista esperasse um momento e, meio a contragosto, ele a atendeu. Não gostaria de se demorar muito mais ali e já tinha tudo preparado para que pudessem partir em segurança. Mais cedo, tratara de alugar um pequeno bangalô numa área distante, em meio a uma floresta densa, onde poderiam se manter escondidos até que chegasse a hora da partida definitiva.

No porta-malas do carro de aluguel havia uma valise que, entre itens de uso pessoal, continha duas passagens de navio compradas naquela manhã. Elas tinham o embarque marcado para dali dois dias, e o Rio de Janeiro como destino.

— Por que faz isso por mim? — questionou Li-Hua Ma enquanto ia até a prateleira que continha a flor de lótus e, pegando-a com cuidado, embrulhava-a num corte de pano.

— Apenas faço o que acho correto. — Vinter respondeu com sinceridade, mas, ainda assim, sentiu que suas palavras não representavam uma verdade completa.

A jovem o presenteou com um pequeno sorriso. Foi a visão de maior beleza e encanto com a qual ele já fora agraciado e, por um instante, quase chegou a desconcertá-lo. Sem saber direito o que fazer em seguida, o estrangeiro ofereceu a mão à jovem chinesa e a conduziu até o carro de aluguel.

A viagem foi longa e sinuosa, com o veículo sofrendo os solavancos de estradas tortuosas que enveredavam por arvoredos e áreas alagadiças. Ma mantinha a flor negra sobre o colo, como se se tratasse de uma pedra preciosa que carecia de proteção. A despeito da situação na qual estava envolvida, a garota parecia tranquila ao apreciar a noite além dos vidros ligeiramente embaçados do carro.

Amanhecia quando chegaram ao lugar que, por um curto período, serviria como seu esconderijo. Como que vindo de lugar nenhum, um garotinho apareceu para recebê-los e conduzi-los ao bangalô que ficava situado à beira de um lago. O estrangeiro e a jovem, então, o seguiram por uma trilha estreita entre árvores altas.

O menino se manteve calado, com um ar desconfiado que era quase temeroso e, logo após indicar o bangalô aos novos hóspedes, virou-se para a garota que segurava a flor de lótus.

— *Jiangshi!* — exclamou antes de voltar correndo pelo caminho arborizado.

Vinter não compreendia aquela palavra, mas, a julgar pela reação da jovem e pelo sorriso que lhe brotou nos lábios, imaginou que não se tratava de algo ruim.

O lugar era razoavelmente confortável e dispunham de um fogareiro a óleo e peixes frescos que poderiam ser cozidos no almoço. Antes de qualquer outra coisa, Li-Hua tratou de acomodar sua flor sobre um pratinho, à maneira de como a mantinha na prateleira da casa que deixara para trás.

A devoção que destinava a algo tão simples era admirável. Em pouco mais de cinco décadas de vida, Kristofer Vinter jamais vira alguém se doar tanto a algo que não tivesse ligação com luxo ou riqueza.

A chinesa permaneceu sentada sobre uma esteira durante

toda a manhã e se recusou a comer o peixe preparado pelo estrangeiro, apesar de nitidamente ter fome. O homem julgou sua atitude compreensível, afinal ela não estava habituada à sua companhia; precisava lhe provar aos poucos que era uma pessoa de confiança, mesmo que levasse um bom tempo até que Li-Hua deixasse de vê-lo como um completo estranho.

De algum modo, o profissional passou a nutrir uma curiosa espécie de afeição por aquela que era a razão de sua viagem à China. Não apenas pela inegável beleza e os cabelos que reluziam como fios de seda negra, mas porque algo em sua essência o atraía de uma maneira inexplicável. Era-lhe impossível resistir ao sentimento.

O dia se passou sem muitas trocas de palavras, mas até mesmo o silêncio era agradável na companhia da jovem mulher. Sua presença inspirava calmaria e, num determinado momento, o estrangeiro se pegou imaginando como ela se sairia no papel de esposa. Era um pensamento precipitado, até mesmo descabido, mas se tornou recorrente de tal modo que Vinter acabou desistindo de evitá-lo.

Quando o entardecer se fez presente, sentou-se à beira do lago para observar Ma enquanto, a uma distância considerável, ela se refrescava na água fria. Para sua surpresa, a garota imergiu, banhando-se como se tivesse se esquecido de que era observada. Pareceu se libertar do pudor que fizera questão de manter até então, deixando que seu corpo flutuasse em movimentos leves e fluidos.

O calor do verão se fazia notar na brisa noturna, e o demonologista sentiu o sangue correr quente por suas veias ao admirar a beleza da moça. Havia ido àquele país a fim de obter reconhecimento internacional com o caso apresentado pelo professor, mas acabara enredado por uma paixão súbita que já não era capaz de ignorar. Quando contasse a Guo, o amigo lhe diria que estava louco. Pretendia fazer isso por correspondência; quando estivesse longe da China.

Ma deixou as águas do lago a passos lentos, com o vestido branco de tecido modesto lhe aderindo às formas esbeltas. O estrangeiro daria tudo para sentir o perfume daquela pele que era lisa e úmida ao luar. Como se parecesse disposta a atender seu desejo, a garota se aproximou devagar e se ajoelhou ao seu lado, sustentando seu olhar por um momento antes de chegar ainda mais perto e lhe plantar um leve beijo nos lábios. Pondo-se de pé mais uma vez, convidou-o ao bangalô com um gesto discreto.

Envolto numa aura de enlevo que o impedia de raciocinar com propriedade, o especialista a seguiu. Enquanto ela voltava ao lago a fim de encher uma chaleira e a colocava para esquentar sobre o fogareiro, Vinter lhe confidenciou os preparativos que fizera para que ambos se refugiassem no Brasil. Disse-lhe que lá todos ficariam maravilhados com sua beleza incomum e que não seria mais uma prisioneira, de modo algum. Contou-lhe também que a América do Sul era uma terra habitada por pessoas alegres e expansivas, de sangue quente, e lhe mostrou as passagens que guardava na valise. Os olhos de Li-Hua Ma brilharam com a perspectiva.

Quando o vapor saiu ruidoso da chaleira, a garota convidou o estrangeiro a se ajoelhar sobre a esteira de bambu. Ela então pegou uma caneca de metal e a preencheu com água fervente, tomando em mãos a flor de lótus negra e mergulhando-a em infusão.

Segurando a caneca com as duas mãos sem parecer queimar seus dedos delicados, Ma fechou os olhos e proferiu algumas palavras. "Eu choraria, se pudesse", Vinter conseguiu compreender com algum esforço. Ela repetiu a frase por três vezes seguidas no que, o homem julgou, provavelmente se tratava de um ritual do chá aprendido em sua aldeia de origem.

— Negra como a noite, ela trará bons sonhos — a chinesa murmurou ao lhe oferecer a bebida com uma breve reverência.

Curioso pelo sabor nunca antes experimentado, o homem bebeu um gole. A infusão parecia nada mais que água quente, mas, temendo parecer desrespeitoso, tratou de beber todo o conteúdo da caneca, observando a flor escura e murcha que desceu ao fundo.

Tão logo terminou de tomar o chá, Vinter começou a sentir seus efeitos. Dominado por um estado de torpor semelhante a uma profunda sonolência, viu-se obrigado a se deitar de costas sobre a esteira. Apesar dos músculos falharem ao seu comando, sua mente continuava desperta e consciente, e seus olhos se mantinham inquietos, atentos ao que se passava ao redor.

O belo rosto de Li-Hua então se aproximou do seu e, no tom plácido que lhe era característico, ela sussurrou:

— A poção é a mesma que dei à minha avó. Ela não sentiu dor, e você também não sentirá.

Os olhos do demonologista se arregalaram e, ainda que continuasse sem saber seu significado, a palavra dita pelo menino arredio surgiu em sua mente como um sinal tardio de alerta. *Jiangshi*.

Como se lesse seus pensamentos, a jovem esboçou um sorriso triste.

— Alimentar-se da morte é uma maldição, e eu a carrego pela eternidade.

Kristofer Vinter não sabia mais o que pensar ou sentir. Seu lado consciente — que lhe dizia que fora induzido a tudo aquilo, a ir contra seus próprios princípios e o que aprendera a respeito de se deixar enredar por entidades malignas — não funcionara. Ele acabou enfeitiçado por alguma magia ancestral dominada por Li-Hua. Por outro lado, seu instinto o impelia a acreditar que houve algo de verdadeiro no beijo que trocaram à beira do lago.

Ela também parecia aturdida, até mesmo pesarosa, e havia dor nos olhos negros como as pétalas do lótus que sucumbira à água quente. Era como se tentasse fazer brotar algum sentimento em seu coração, mas não fosse capaz de desenvolvê-lo de todo, à semelhança da semente que brota sobre uma fina camada de neve, mas não resiste à primeira grande nevasca do inverno.

— Perdoe-me — disse a jovem em tom baixo e lamentoso. — É a minha natureza.

E, levando os lábios ao pescoço do homem, afundou-os na carne de veias palpitantes. Kristofer Vinter não sentia dor alguma, mas o horror de estar consciente enquanto tinha a garganta dilacerada o dominou. Não conseguiu gritar, tampouco se mover, e a cada novo pedaço de pele arrancado com violência sentia a vida se esvair por entre seus dedos.

Sentindo-se escorregar para a semiconsciência como se mergulhasse num sonho, deixou que seus olhos admirassem uma vez mais a face da morte. Ela tinha os lábios cobertos de sangue e, à luz da vela que iluminava o bangalô, era a mais bela e letal criatura que ele algum dia já viu.

Uma vez saciada, Li-Hua Ma se afastou com rapidez do corpo sem vida. Quase por acaso, então, seu olhar caiu sobre as passagens que o estrangeiro havia comprado. Ela ergueu uma mão para pegá-las, mas refreou os dedos ensanguentados antes que eles manchassem o papel.

A América do Sul era a terra do sangue quente, ele lhe dissera, e o Rio de Janeiro parecia estar em seu destino.

Arquivo do Caso Lurdinha

DRÉ SANTOS

Senhor Comandante,
Anexo esta carta escrita à mão mesmo, de maneira bastante pessoal, junto ao meu comprovante de dispensa, uma cópia do inquérito e meu laudo como forma de pedir ajuda. Tivemos uma longa história, sobrevivemos a vários QRU, perdemos colegas. Mas o caso de Lurdinha, depois que eu passei para a Civil, me pegou de jeito. Foi além da minha capacidade, senhor. Não estou conseguindo dormir, os problemas com a patroa desandaram de vez, o Matheus saiu de casa com a mãe. É triste, comandante, quando todos que você conhece se afastam de você. Aí sua doutora pede para você tentar se abrir com alguém, mesmo que seja por carta, e a única pessoa que resta é o seu velho comandante do tempo de PM.

A doutora me fez ver que minha vida sempre girou em torno da violência, sabe? Cresci lá no Torá com tiro me acordando de madrugada, meu pai batendo em mim, nos meus irmãos e na minha mãe que nem louco. Aí cresço e minha profissão é lidar com violência. Chega um ponto que ou o guerreiro está dormente, ou pensa que a única forma de comunicação que tem é violência. Que é através dela que se ensina e através dela que se aprende. A Cláudia não me dava espaço. Ela não me entendia. Eu tentava me expressar, mas não dava. A mulher pensa rápido, fala mais rápido ainda.

Quando eu tentava explicar, ela sempre tinha respostinha. Não dava uma chance. Que outra forma eu tinha para fazer com que ela me desse um tempo?

Mas foi só depois de Lurdinha que a casa caiu mesmo. Olha, comandante, como o caso ainda está em aberto, peço reserva do senhor quanto ao que eu vou lhe dizer. Mas, não sei, talvez o senhor entenda. Talvez não. Mas uma coisa é pegar gente problemática. Gente que viveu na mesma violência que você, só que não teve a mesma direção. Gente que se arrepende, que chora. Que tem medo, que sente. Mas eu não estou falando também desses degenerados que de vez em quando matam porque tem tesão na coisa. Psicopata ou coisa do tipo. O pessoal romantiza e tal, mas eles são iguais aos outros, a diferença é que já vêm defeituosos de fábrica, precisam só de um empurrãozinho.

Não, comandante. O que eu estou falando é de monstro. Monstro no sentido mais literal que o senhor puder encontrar aí. Quando se lida com isso, comandante, sua cabeça vira do avesso. Tudo aquilo que você estudou, que você aprendeu, deixa de ser verdade. Você perde toda a certeza, de tudo. O soldado, que confiava na experiência, no treino, fica sozinho, sem nada, no vazio mesmo. Porque eu não estou falando de combate, entende? Eu estou falando de medo. Medo puro, que gruda no guerreiro e tudo o que ele vê ou escuta lembra ele do monstro. No começo, a gente fica acordado à noite. Depois, com a arma embaixo do travesseiro. E então vira a noite de sentinela no próprio quintal de casa com fuzil a tiracolo.

Eu vou explicar para o senhor.

O ponta-de-flecha lá em Lurdinha era o delegado Aderbal, e tudo começou muito antes do caso pegar fogo e eu ter que ir. Eles já estavam alertando o DPD para uns desaparecimentos, mas eram só malárias mesmo e, como de praxe, ninguém está nem aí para marginal. Quando muito, apareceram umas mães já pensando que era trabalho da polícia. A coisa escalou quando sumiu o doutor, o tal do Rogério Massara. Foi uma correria, *black ops* mesmo, a DHPP apareceu em peso sem nem ter um corpo e já assumiu. Deixa eu falar um pouco para o senhor a respeito do bacano, o que a gente levantou a respeito do homem. Rogério Massara, um prodígio de trinta e dois anos, caucasiano, alto, robusto, bem-apessoado. Neurocirurgião de elite já aos vinte e oito, dono de um império aos trinta. Sua rede de clínicas encabeçava serviços que iam de plásticas até fertilização. A parte de pesquisa era seu parque de diversões, com célula-tronco e engenharia biomédica, inclusive coisas futuristas mesmo, como o que estavam chamando de hiperregeneração tecidual. Esse projetinho, assim como vários outros, estava parado por questões éticas.

O doutor não morava em Lurdinha, é claro. Ele tinha sítio lá. Nós investigamos e descobrimos que ele não estava bem. Câncer, veja só. Um médico. Jovem. Ele não estava numa boa com a esposa também, a dona Adélia Massara, que estava grávida e passando por complicações. Os dois se odiavam de verdade. Não era coisa de briga de casal, tipo eu e a Cláudia. Ela era meio hippie, sabe? De onde já se viu esposa de neurocirurgião ser naturalista, não gostar de remédio, usar homeopatia? Ela se recusava inclusive a fazer ultrassom. Queria parto natural, dentro de um lago. Olha as ideias. Mas ela era de família rica e o casamento foi puro interesse, principalmente por parte do doutor, que precisava de financiamento para montar o seu império.

Para espairecer, ele dava uns sumiços. Dizia para a família que era pesquisa. A última vez que ele foi visto foi saindo de casa, indo para o sítio. Lá, a porta estava trancada, as coisas arrumadas, o carro na garagem. O celular estava lá também, sem nenhum registro suspeito. Presumimos que ele tinha um segundo aparelho e dava perdido na esposa e tal. Nós sabemos como é, né, comandante? Um cara desses podia escolher a amante que quisesse e pular fora a qualquer momento. A suspeita aumentou quando checamos os movimentos bancários. Ele sacava e sumia com uma parte do que ganhava todo mês, não havia nenhum outro investimento ou conta onde ele depositava esse dinheiro. Não era muita coisa, mas aconteceu ao longo de uma década, o que, no total, daria uma bela de uma grana. Suficiente para recomeçar uma vida ou aproveitar o que resta dela. Resumindo, era caso para detetive particular, não para polícia. Pouco tempo depois, circulou uma foto do cidadão em Paris com uma mulher de capa de revista. Um clichê do caramba. O circo acabou, todo mundo foi embora e eu fiquei para tampar os furos. Foi então que aconteceu algo que chamou a minha atenção.

Uma das clínicas do nosso jovem doutor enviou um representante para recolher alguns papéis e documentos da investigação que envolviam a rede. Era um rapaz, médico em começo de carreira. Fiquei curioso pela razão de usarem um doutor como garoto de entrega, e ele me confessou que se ofereceu, já que tinha família em Lurdinha e ele próprio era da cidade. Aproveitando a conversa, ele questionou a respeito dos garotos desaparecidos. Eu disse que estava a cargo da DP, que ele poderia falar com o delegado. O doutor relatou que um ano atrás, quando ele ainda era residente, o doutor Massara promoveu um mutirão beneficente de saúde infantil na cidade em nome da sua rede. Centenas de jovens carentes foram atendidos, muitos deles examinados e fichados. Ele poderia me conceder acesso a essas informações, caso fosse ajudar em alguma coisa.

Eu não sei por que eu dei bola para isso, mas, depois que terminei o que tinha que fazer em Lurdinha, fui visitar o jovem doutor em seu local de trabalho e constatei que, de fato, quatro mutirões foram realizados pela rede do doutor Massara. Dois em Lurdinha, um deles três anos antes do sumiço do doutor e outro, um ano antes, exatamente como tinha dito o jovem doutor. Um mutirão aconteceu em um orfanato de Mandágua dois anos antes, e outro em um orfanato de Portela, havia alguns meses apenas, ambas cidades próximas de Lurdinha. Foi um mutirão por ano. As crianças haviam passado por check-ups completos. Exames de sangue, fezes, urina. Havia nomes, números, detalhes como altura, peso, idade.

Comandante, como o senhor sabe, faz dez anos que nós temos oito desaparecidos por hora nessa porcaria de país e ainda não temos um banco de dados decente. Meu trabalho, então, teve que ser manual mesmo. Entrei em contato e cacei o pessoal. Mas valeu a pena. Minha descoberta foi interessante, porque metade daquelas crianças examinadas estava desaparecida, dada como morta ou sofrendo de algum transtorno mental. Até fui visitar o orfanato de Mandágua pessoalmente, para conhecer essas crianças. Era estranho, comandante. Uma delas era um rapaz apático, não falava, no máximo gritava quando queria alguma coisa. A criança não caminhava, só se arrastava pelo chão ou engatinhava. Outro, chamado Fernando, cambaleava pelo orfanato olhando para os braços. Ele tinha que usar luvas devido ao costume de ficar coçando ou esfregando o próprio corpo. Às vezes, tinha umas crises estranhas, tentava se machucar.

Eu sabia que havia alguma coisa muito errada, mas ainda não tinha evidência de nada, então não dava para chegar abrindo meu bocão para todo mundo. Sem falar que eu tenho o Matheus. Ver aquelas crianças naquele estado me abalou muito. Tirei o menino da escola um dia mais cedo, para levar ele para passear, ficar perto dele um pouco, mas a Cláudia enlouqueceu. Por acaso eu preciso de permissão para pegar meu filho na escola? A doutora, depois, me fez entender que eu errei. Eu deveria ao menos ter avisado. Sem falar que eu agredi a pessoa que eu amo, né. Mas na hora o sangue subiu à cabeça. A Cláudia não parava de me responder, gritando na frente dos outros, na frente do meu filho. Tentei explicar para ela o que eu estava vivendo, minha situação, sabe? Mas ela disse que não tinha nada a ver com isso, que eu tinha que deixar meu trabalho no trabalho. Como se eu fizesse por querer. O cara não ter apoio em casa é difícil, comandante. Ela falou com a mãe dela, falou com a polícia. Mas eu conversei com o pessoal, esclareci tudo. Pedi desculpas. Mas foi o começo da minha decadência. O pior ainda estava por vir.

Eu decidi voltar no sítio do doutor Massara. Ele tinha três funcionários antes, mas, depois que sumiu, só restou o caseiro. A senhora Adélia Massara não tinha mais interesse no lugar e colocou à venda. O caseiro se chamava Hidelbrando, ele e os outros dois funcionários sempre estiveram livres de suspeitas. Tinham bons álibis, não tinham motivações. Gente humilde. O senhor Hidelbrando me deu acesso à casa. Examinei tudo minuciosamente. Cada canto. Tentei encontrar algum compartimento, qualquer coisa. Terra escavada, azulejos soltos. As roupas do doutor já não estavam mais lá. Não havia mais nada.

Voltei para o caseiro e perguntei se sempre foram os mesmos três funcionários. Ele me respondeu que sim.

Apenas quatro anos atrás, logo que a família adquiriu o sítio, depois do primeiro dia de trabalho da primeira faxineira que eles contrataram, algumas joias da dona Adélia desapareceram. A senhora Massara ficou muito nervosa, mas o doutor Rogério, um homem muito ponderado, disse que resolveria. Ele entrou em contato com a faxineira e disse que não precisava mais voltar. Não teve segundo dia para ela. De acordo com o doutor, a mulher era muito pobre, e por isso ele convenceu sua esposa a não fazer nenhum tipo de queixa. E que a deixasse ficar com as joias, pois ele poderia comprar outras. Eu perguntei se isso foi relatado para a polícia, e ele disse que sim, mas ninguém pareceu se importar, já que se passaram quatro anos desde o ocorrido.

Fazia sentido. Minha trilha já estava fria antes, agora tinha congelado. E eu só sou insistente de burro, porque sou um investigador de merda. Nem gosto tanto desse trabalho, na verdade. Às vezes acho que até sinto saudade da PM. Eu sou um guerreiro, sabe? Um soldado. Não um caçador. Não tenho paciência para ficar farejando e fuçando por aí. Mas fazer o quê? Eu estava com tempo livre e seguindo o fluxo. Acabei lembrando, depois de um tempo, da tal foto do doutor em um bar, com a modelo em Paris. O clichê. E porra, era um clichê mesmo. Ao ponto de ser ridículo. E foi assim, num estalo, que eu tive certeza que era forjada. Procurei a foto e achei no meio das evidências. Pesquisei na internet o lugar e encontrei o nome do bar em que ele estava. Fui até a faculdade conseguir um tradutor e pedi para o cara enviar uma mensagem para o dono. Resumo da história, o dono do lugar reconheceu uma das atendentes que aparecia na foto, demitida já fazia um ano.

Admito que fiquei curioso.

Fui até o detetive que entregou a foto para a polícia. Era uma mulher, se chamava Marta. Ela tinha sido contratada pelo pai da senhora Adélia, e não pela própria. A senhora Massara odiava tanto o marido que não estava nem aí para o seu sumiço. O pai dela, por sua vez, dava a entender que o doutor tinha feito algumas dívidas bem cabeludas com ele. Era bastante, mas não algo que fosse fazer falta para qualquer um dos dois. Sem falar que o cara engravidou a filha dele e desapareceu. Era questão de honra mesmo. Perguntei para a detetive Marta onde conseguiu a foto, e parece que foi o próprio doutor quem enviou para ela. Ele apenas queria ser deixado em paz, então mandou uma prova definitiva do que estava acontecendo. Perguntei para a detetive Marta se ela era lésbica. A resposta foi que não. Então comentei que isso explicava sua incapacidade de distinguir uma puta quando via uma. Como a tal modelo na foto.

Essa molecada de faculdade é empolgada mesmo. Quando pedi para o meu amigo tradutor encontrar a menina da foto em páginas de acompanhantes, eu achei que ou ele não iria conseguir ou iria demorar muito. Mas não. O safado achou no mesmo dia. Na página dela tinha o número do celular. Com a ajuda do meu animado amigo tradutor, entrei em contato e perguntei sobre o doutor, alertando que se tratava de um caso de polícia. Ela disse que normalmente não discutia clientes, mas, no caso daquele homem, ela nem o considerava um, já que a única coisa que ele fez foi tirar a foto com ela um ano atrás, pagar uma quantia generosa e desaparecer para sempre.

Era empolgante e assustador saber aquilo. Mas o que significava? Nada ainda. Apenas que o doutor mentira e que estava querendo se esconder. Talvez estivesse fazendo algo mais vergonhoso do que apenas trair sua esposa gestante. Talvez aproveitando seus últimos anos de vida em orgias regadas a drogas. Mas planejar com mais de um ano de antecedência? Era estranho. Há quanto tempo será que ele sabia do câncer? O problema é que eu ficava remoendo aquilo, lembrando das crianças, tentando imaginar o que eu tinha deixado para trás. Eu acabei preso entre o trabalho oficial e o extraoficial e, no fim das contas, se antes a Cláudia enlouqueceu porque eu queria ficar perto, agora ela estava enlouquecendo porque eu

me afastei. Ficava perguntando onde eu estava e para onde eu ia. Eu estava na rua, com os colegas, bebendo e pensando. Ou eu ficava dormente ou eu pensava em desgraça. Era uma merda de uma corda bamba, comandante. Para qualquer que fosse o lado que eu caísse, já era. Acabou. A mulher me tirou do sério mais uma vez, brigamos de novo. A gente se pegou na frente do Matheus.

Eu estava desistindo já, quando uma ligação me tirou do limbo. Era o Hidelbrando. "Chefia, demorei, mas descobri o endereço da mulher lá, a ladra de joias dos Massara, chamam ela de Berenice." Putz, era a pior pista de todas. Podia ter ficado na minha. Buscado tratamento logo de cara. Mas não. Eu percebi que a ficção tem o costume de fazer o investigador ser muito inteligente, porque só os inteligentes conseguem encontrar as pistas. Na prática, quem encontra as pistas são os mais burros, que nem eu. Porque nós somos os jegues insistentes, que se apegam à mesma ideia idiota para sempre e não abrem mão. No meu caso, a doutora me explicou que prolongar uma investigação particular sem futuro era a maneira que eu tinha para ficar longe de casa. Talvez fosse isso mesmo. Eu achava que a melhor coisa para as pessoas que eu amo era ficar longe delas.

Fui visitar a Berenice. Descobri que ela costumava morar em uma casa enorme. Bem bonita para uma faxineira, porém ela já tinha se mudado. Eu consegui o endereço novo com um vizinho e parece que a situação dela estava ruim. De um casarão, foi parar em um barraco. A Berenice era uma morena bonita, mas judiada. Os dedos duros, ressecados de tanto produto de limpeza. Ficou nervosa quando falei que era polícia. Ficava esfregando as mãos e desviando o olhar. Conversamos sobre o caso do doutor Massara por um tempo, mas ela não contou nenhuma novidade sobre o homem. Quando perguntei sobre a demissão, ela revelou algo interessante. Disse que o doutor viera conversar a respeito das joias e ela tomou um susto. Negou, de maneira muito nervosa, ter roubado qualquer coisa.

Ainda assim, sem acusá-la, o doutor disse que estava disposto a perdoar e ajudar. E ele ajudou. Foi bem generoso, inclusive: ajudou com as papeladas, com a casa grande em que passou a morar e até pagou as contas dela. Tudo por quatro anos, e sem pedir nada em troca. Aí ele sumiu e ela não tinha condições de morar no casarão mais. No final da conversa, ela estava ainda mais esquiva e estranha. Ela não sabia mentir. Eu só não sabia o que estava escondendo.

Como eu disse, eu sou meio burro. Fui embora achando que estava perdido. Que tudo aquilo era suspeito, mas não tinha nada de concreto. Só um dia depois foi que veio o estalo. Corri até a prefeitura de Lurdinha com o nome completo da tal da faxineira Berenice em mente. Cheguei sacudindo o distintivo e exigindo coisa, porque a ansiedade era grande. E foi aqui que meu pesadelo começou, comandante. Meu inferno em vida.

Burro. Burro mesmo. Eu fui seco. Sozinho. Com a certeza de que não iria dar em nada mais uma vez. A questão, comandante, era que o doutor estava usando a Berenice de laranja. Na prefeitura, eu descobri que não só o casarão estava no nome dela, como também havia outro lugar. Era um terreno bem grande, que não era caminho para lugar nenhum, afastado o suficiente para ficar longe de olhares, mas não longe o suficiente para ficar isolado da cidade. E eu, idiota, fui lá. Sem reforço, sem nada. Achando que iria dar de cara com mais uma pista vazia, com mais um fim de linha. Eu nem pensei a respeito. Se eu tivesse pensado, teria me tocado que o doutor estava escondendo o lugar por alguma razão que não envolvia dinheiro, clínica clandestina ou algo do tipo. Ele já era rico, porra. Fazer orgias lá? Claro que não. Por que fazer nesse fim de mundo se ele pode fazer em Paris? Tinha que ser alguma coisa fodida. Só podia. Mas não, eu não pensei.

Tive que parar de escrever um pouco agora. Lembrar dói, comandante. E eu nunca imaginei que medo fosse fazer eu sentir dor física. Na hora, você fica dormente, mas depois é pior. Os efeitos. Eles corroem o combatente vivo. A doutora me explicou depois. É um termo até irônico. Usei gatilhos a vida inteira para me proteger, e agora gatilhos são o que me assombra. Quando eu escuto um grunhido, por exemplo, ou algum barulho parecido, a memória volta. Mas não é só isso. Porque eu não consigo tirar da cabeça que o que eu vi lá vai voltar para me pegar. O senhor vai entender.

No terreno, comandante, havia na verdade três galpões enormes, um do lado do outro, interligados por um corredor. Na frente do primeiro tinha uma cobertura, tipo de estacionamento, mas não tinha carro. Tinha uns paletes de plástico azul mal empilhados, pneus, correntes e um carrinho de mão. O chão na frente era brita. Me aproximei e soquei a porta. Bati palma e gritei. Encostei a orelha. Ouvi barulho lá dentro. Saquei a arma, soquei a porta de novo e ameacei arrombar. Não funcionou, então meti o pé.

Comandante, perdão se ficar confuso agora. Juro que estou tentando descrever com detalhes o que eu vi lá. Mas não dá. Eu não consigo. A memória é sempre como uma torrente. As histórias, que eu fiquei sabendo depois, talvez sejam ainda piores e se misturam com o que eu vi na hora. Parecia um açougue. Tudo era metal amarronzado, não sabia se era de ferrugem ou sangue. Grades e jaulas. Tinham restos de carcaças humanas, comandante. Uma pilha. Oito porcos enormes comiam os pedaços. Eu nem sabia que porco podia ficar tão grande. Tinha ratos em gaiolas. Depois, no outro galpão, tinha crianças. Eram seis, três pares delas. Os pares grudados pela cabeça, algemados, semiconscientes. Havia seis mulheres também, todas entubadas, ligadas a máquinas. Elas estavam presas em cadeiras médicas havia tanto tempo, que os músculos dos braços e das pernas não desenvolveram. As coxas finas como um pulso. Três estavam grávidas. No último galpão, mais crianças. Um monte delas. Depois fiquei sabendo que eram vinte e seis, todas com buracos nas cabeças, cérebros expostos, com pedaços de tecido para fora, mas vivas. Com medo e subnutridas, mas vivas. Eu sempre falo que ao menos elas estavam vivas, mas será que é vida que vale a pena? No fundo do último galpão, tinha o que parecia duas cadeiras médicas, mas com aqueles furos, como camas de massagista, onde a pessoa coloca o rosto. Elas estavam de costas uma para outra, inclinadas para trás. Em cima delas havia uma câmera, que projetava uma imagem em uma tela embaixo. O doutor Rogério Massara estava deitado de bruços em uma delas, com o rosto em um dos furos. Olhos abertos e vítreos em direção à tela, que mostrava seu próprio cérebro exposto com as peles penduradas ao redor do furo.

Eu sou burro, comandante. Muito burro. Eu bati na minha mulher e estou preso em instituição psiquiátrica porque sou burro. A rede de clínicas não podia deixar os detalhes do caso vir a público, então muitas das coisas ficaram como mitos. O doutor Rogério ficou como um doente que fazia trepanação nas crianças e morreu tentando fazer nele mesmo.

Comandante, tão burro assim eu não sou. Eu sei o que eu vi lá dentro. O senhor sabia que, com células-tronco, é possível criar órgãos humanos dentro de animais? Como porcos, por exemplo? A célula-tronco tem uma propriedade que permite que ela se transforme em qualquer tipo de célula, inclusive do sistema nervoso, por isso ela pode até curar Alzheimer no futuro.

É só somar, comandante. Hiperregeneração tecidual, célula-tronco. A senhora Adélia Massara cometeu suicídio logo depois que viu o filho nascer. Ela sumiu com o feto. O senhor consegue imaginar o que deve ter saído dela, comandante? O senhor consegue? Deixa eu dar uma ideia para o senhor. Quando eu entrei no primeiro galpão, eu vi os porcos comendo aquela carne. Pareciam normais. Um deles não era, comandante. O olhar daquele. Imóvel, me encarando. Conforme eu segui para o segundo galpão, ele me acompanhou com o olhar. Quieto, em silêncio, enquanto os outros grunhiam e remexiam. Que porra era aquela, comandante? Me explica, pelo amor de Deus. Que porra era aquela? Não era olhar de bicho. E aquelas crianças, do orfanato? Uma andando de quatro e a outra tentando arrancar a própria pele, como se não pertencesse àquele corpo!

As crianças que estavam vivas, de cérebro exposto, a essa altura já estão na rua de novo ou de volta nos orfanatos. E agora me diz, qual delas estava sentada na cadeira oposta à do Doutor? O senhor entende o que eu quero dizer? E há quanto tempo essa merda acontece? Quem é aquele monstro? O senhor sabia que ele, o doutor Rogério Massara, era órfão também?

Eu estou com medo, comandante. Muito medo. Todos os dias.

Um bando de filhos da puta, conspiratórios, investigadores amadores, tudo que é tipo de babaca fica me procurando aqui no instituto, querendo falar comigo. Provavelmente desmaiariam vendo sangue, mas ficam obcecados pelo que aconteceu em Lurdinha. Devem se masturbar ouvindo as histórias, aqueles desgraçados.

Isso fode com o meu psicológico.

Antes de sair dos galpões e pedir reforço, eu achei o outro celular do doutor. Liguei para o número da última chamada e quem atendeu foi a Berenice. A laranja dele, a faxineira ladra. Vadia do inferno. Ela avisou que eu estava indo. Ele teve que acelerar os planos dele por culpa minha. Agora está aí fora e eu preso aqui dentro. E se quiser vingança? Se o senhor tiver efetivo, ou tiver alguém, algum conhecido que possa me ajudar. Afastar esse pessoal de mim. Afastar ele de mim. Por favor, não deixa ele me pegar. Eu não quero virar um porco, comandante. Por favor. Eu imploro para o senhor. Pelo amor de Deus, comandante.

Ficarei aqui, no aguardo, torcendo para que o senhor ouça o meu apelo. Obrigado, e desculpa por envolver o senhor nessa. Se o senhor vir a Cláudia ou o Matheus por aí, diz que, apesar de tudo, eu ainda amo eles.

Carpe Noctem, Quam Minimum Credula Postero[1]

ADRIANA MASCHMANN

"Sou a Vingança, vinda dos Infernos, para aplacar o abutre em tua mente. [...] Não há caverna nem local secreto. E nem escuridão. Nem vale em bruma, onde assassínio ou rapto odiento se possam esconder sem que eu os ache, e lhes sussurre meu temido nome, Vingança, que ao malvado faz tremer."
William Shakespeare

Naquela hora deserta, vagava pelas ruas enquanto avaliava o aspecto perecível e destrutível da existência humana. Era fácil morrer. Por outro lado, também era fácil matar. Caminhava determinada pelos instintos mais primitivos, a encontrar o que buscava. Inconformidade, desolação, ódio, uma mistura de sentimentos e sensações que a revolviam num tormento sem fim.

Os últimos acontecimentos, ainda recentes, traziam à tona recortes desconexos de algumas memórias fragmentadas. Queria revivê-las; necessitava libertar-se daquela aflição. Só assim cumpriria a sua saga.

O telefonema, o vinho, a música. Os últimos acordes da guitarra, os risos que ecoavam pela sala iam fazendo parte da sinistra caminhada enquanto avançava pela noite. Não conseguia parar de pensar nas agonias passadas, mas também parecia distante de tudo aquilo, como se fosse espectadora da própria vida. Ou da própria morte.

---
[1] Aproveite a noite e confie o mínimo possível no amanhã

Precisava ajustar-se à sua nova condição, embora estranhasse. Talvez fosse necessário mais tempo para acostumar-se a esta existência etérea. Jamais imaginou ter a mocidade consumida de forma tão brutal e repentina. Sempre gostou de viver.

As lembranças, cada vez mais, vinham em flashes, dispersas, feito trechos de filmes há muito assistidos. A noção de tempo era vaga, fruto dessas imprecisões que atrapalham e confundem, invalidando qualquer certeza. No entanto, era inevitável trazer à memória o alimento de suas próximas ações.

A festa havia sido divertida, os amigos reunidos em torno da mesa, espalhados pelo chão do apartamento ou amontoados no sofá, e a promessa de encerrar a noite bem acompanhada. Tudo virava uma possibilidade real, mas não poderia ficar com o pessoal, nem mesmo encerrar a noite com alguém. Tinha que acordar cedo no dia seguinte, pois faria plantão na emergência psiquiátrica e precisava dormir. Deixaria para a próxima vez. O hospital era prioridade. Faltava pouco para terminar a residência. Vidas importavam mais do que uma transa de fim de semana. Levava a sério a tarefa de resgatar a serenidade daquelas pobres vidas aprisionadas em comportamentos tão instáveis. Além do mais, haveria outras, muitas outras noitadas como aquela.

A insistência de Renan, acompanhada de um sorriso maliciosamente ingênuo, não demoveu Alexia. Estava mesmo determinada a encarar a noite sozinha. Mesmo tentada a passar a madrugada em claro, negou as investidas de Renan, a quem já conhecia.

— Tem certeza? E eu, vou ficar aqui assim, desse jeito? Ah, gata, sacanagem, fala sério. Vem, tem bastante vinho — provocou, erguendo a taça. — Fica, eu prometo fazer valer a pena — disse ele, sorrindo e inclinando a cabeça enquanto estendia os braços para segurá-la ainda um pouco.

— Ah, Renan, sou mesmo malvada. Gosto de torturar, fazer a difícil, sabe como é, valorizar o meu passe. Assim, quem sabe dá mais vontade na próxima *vez* — *ela falou, sorrindo também, afastando o seu corpo do dele e bebendo um gole de vinho.* — *Nos vemos por aí, eu preciso mesmo ir. Beijo.*

— *E se eu te levar em casa? Fico quietinho, sério, terminamos esse vinho e dormimos de boa. Não confia em mim? E acho meio perigoso uma mulher andar sozinha tarde assim, desse jeito* — *insistiu mais uma vez, preocupado.* — *E tá rolando aquela história do cara do aplicativo, lembra? Eu vou me comportar, prometo.*

— *A proposta é boa, quase irrecusável. E confiar mesmo, não confio é em mim* — *e deu uma gargalhada.* — *Olha aí, já perdeu pontos com essa preocupação ridícula. Só porque sou mulher preciso ser vulnerável? Por favor, né. Dá um tempo! Sei muito bem me defender* — *protestou Alexia, franzindo a testa e colocando as mãos na cintura, séria.* — *E tem mais, se esse louco aparecer e fizer alguma coisa comigo, vai se dar muito mal porque eu volto, nem que seja do inferno, e faço o desgraçado se arrepender por umas três encarnações seguidas. Fui. Beijinho.*

Ali mesmo, na calçada, ignorando os temores do seu pretendente, chamou um carro por aplicativo. Havia lido qualquer coisa sobre os assassinatos, mas sem dar muita atenção. A vida andava bastante corrida com os estudos finais. Mal tinha tempo de tomar um banho correndo e engolir alguma coisa às pressas. Ler um jornal ou assistir o noticiário era um luxo impensável. Essa noite fora uma exceção e havia sido aproveitada ao máximo, na medida do possível.

Acenou para Renan, que não se conformava com a decisão dela, e esperou. Não demorou muito e logo se viu acomodada no banco de trás, bem atrás do motorista. Era mais seguro, diziam. Mas estava inquieta. Algo a incomodava. Coisa de mulher, sexto sentido, pressentimento, o que fosse. Olhou o celular, quis enviar uma mensagem para Renan. Talvez um arrependimento tardio, quem sabe. "Sem bateria. Merda."

Alguns minutos e pronto, estaria em casa, segura. Era torcer para dar tudo certo e chegar bem. Bobagem ficar desconfiada. *Afinal de contas, estava habituada a usar esse tipo de transporte, não havia motivo para preocupação. Tentou se distrair, imaginando a quantidade de material à sua espera, pronto para ser lido e cobrado no teste da próxima semana. Eram páginas e mais páginas abordando comportamentos psicóticos e tendências sádicas. Pensamento nada animador, principalmente na situação em que se encontrava, dentro de um carro com um estranho.*

Olhou pela janela, reconheceu o caminho e tranquilizou-se. Mais um pouquinho e tudo estaria resolvido, o mal-estar inicial se dissiparia. Já estava pegando a bolsa para descer quando viu que o carro não parou em frente ao endereço solicitado. Perguntou o motivo de estarem se afastando tanto do trajeto indicado. O motorista, como resposta, sorriu pelo retrovisor e ela gelou. Conhecia o olhar da loucura e logo compreendeu. Fim da linha.

A vida é mesmo apenas um sopro a afligir sua habitação. Embora passe o tempo inteiro a fugir da morte, é sempre para ela que corre. Fatalidade irreversível. Morrer é desaparecer na evolução imutável das coisas, é introduzir-se aos mundos desconhecidos dos Infernos, parte sombria da divindade soberana, ou do Paraíso. Adentrar nesses universos guiados pela Filha da Noite era fazer uma escolha. A dela já estava feita.

Atormentada pelos próprios pensamentos, tão nítidos e ao mesmo tempo tão nebulosos, deixou-se arrastar pelos caminhos das sombras e entrou no bar, atraída pelo cheiro de suor e cigarro. Esperou. Tinha bastante tempo.

Uma eternidade se passou sem sinal de alívio. Andou por entre as mesas sem ser notada. Sabia bem como passar despercebida. Vez ou outra, alguém levava a mão à nuca, num arrepio gelado. "Tudo tem sua hora. Hoje não é você que eu quero. Aproveite como puder."

Ao dar uma última conferida no salão, ainda na expectativa do encontro tão aguardado, se viu tão só quanto na chegada ao bar. O local estava errado. Sua inexperiência havia gerado o engano. Teria novas oportunidades, sem dúvida. Só precisava praticar um pouco mais. Era ainda nova no ofício.

Olhou ao redor e percebeu a quantidade de pessoas vestindo preto. Achou bonito; aprendera a gostar da penumbra, de um ambiente sombrio. Ficava bem de preto. Cor da noite, do mistério, do sofrimento. Nos olhos, grandes e profundos, as suas agonias contrastavam com a boca tingida pelo batom vermelho-sangue. Seguia ali, imóvel, à espera inútil de quem, era óbvio, não viria. Tão certo como a vinda da chuva, a se preparar em mil anúncios constantes enviados pelo céu carregado, seria o desfecho daquela madrugada.

Ansiosa, andava de um lado a outro para ver se encurtava a demora, mas não. Calma não era uma de suas virtudes. Aliás, de virtudes já não necessitava. Só queria mesmo dar fim àquela maldição.

O princípio de tudo era saber respeitar o tempo das coisas, dos acontecimentos, da vida, da morte. O momento tão precioso aconteceria na devida hora — afinal, do destino ninguém consegue escapar e o dele estava selado.

Parou em frente à porta de saída, imaginando uma passagem entre dois mundos, como se fosse um convite rumo a um além a se abrir para um outro além, cujo final era um mistério. Decidiu pela travessia.

Saiu do bar e encontrou lá fora rumores de vida. Um sujeito, cambaleando, discutia com uma mulher que, sem lhe dar a mínima atenção, continuava bebendo a sua cerveja. Encostados na parede, três rapazes dividiam uma garrafa de vodca, enquanto outro urinava mais adiante. Irritou-se ante a previsibilidade humana. Mudavam os cenários, os atores, mas jamais as cenas. A vida era mesmo uma sequência de clichês intermináveis dos quais ela não mais participaria. Diante desta nova perspectiva, irou-se ainda mais.

Durante a longa espera, preferiu observar o movimento daquelas pessoas e das outras, vindas aos poucos de dentro do bar. Mesmo na rua, homens e mulheres exalavam os mais exóticos aromas a se fundirem ao cheiro de cigarro, álcool, perfumes caros e baratos, suor. Suor. Diferentes emanações, mas uma única lembrança. O cheiro dele estava impregnado no ar por toda parte. A repugnância daquele odor adocicado arrastou para perto dela outros recortes nefastos, que vieram sem piedade.

Desesperada, Alexia buscava manter o controle sobre seus atos. Sabia, por experiência, que qualquer movimento seu poderia desencadear as maiores barbáries. Precisava manter a calma se quisesse ter alguma chance. Com coragem e cautela, tentou, em vão, abrir a porta do carro. Trancada. Pediu para descer ali mesmo e uma risada foi a resposta. O telefone, inútil. Quis abrir os vidros e gritar. Trancados também. Tinha que se conservar atenta, sem demonstrar fraqueza, ou tudo estaria perdido.

Desviando seu curso e mudando o destino, viu quando ele finalmente estacionou entre duas árvores num local deserto. Ágil como um predador acostumado à caça, pulou no banco de trás e agarrou-a pelos pulsos, imobilizando-a com a pressão do seu corpo sobre o dela.

O silêncio do beco fazia arderem os sentidos e o ar era cortado apenas pela respiração dele e dos seus gemidos. Aquele rosto contorcido, o hálito quente, a língua a lhe lambuzar a face, descendo pelo pescoço até o vão dos seios. As costas coladas no couro, o suor, as súplicas e o abandono. Ninguém viria.

Com o olhar insano e um riso contido, o seu carrasco empunhava uma faca. A lâmina dançava diante dos olhos. Primeiro, as mãos amarradas. A seguir, o peso daquele corpo em cima do seu, as pernas dele forçando as suas coxas, os xingamentos e os gritos sufocados. Aos poucos, a roupa sendo cortada e a nudez exposta. Resistiu enquanto pôde, esperneando, mordendo, chutando.

Iniciara, tragicamente, o jogo de gato e rato sem chances de saída. Ela sabia bem o quanto isso poderia ser terrível, o tipo de perversões às quais estaria sujeita dali para a frente. Para os sádicos, o mais importante era a obtenção do seu prazer, e ele não hesitaria em torturá-la até satisfazer-se por completo.

Tentava reagir, segurando um lobo pelas orelhas, como dizia sua colega de trabalho. Nunca imaginou que aquela frase pudesse explicar de forma tão precisa o que estava passando naquele momento.

Humilhar era parte do ritual. Tomado por uma presunção doentia, cuspia no rosto dela. Queria subjugá-la, ela sabia bem. Podia adivinhar os próximos passos, só não conseguia prever a ordem de execução. Tentou enganá-lo, oferecendo os lábios para entretê-lo com um beijo. Ele recusou com uma vigorosa bofetada. Sem beijos. Beijar significaria a comunhão entre corpo e alma, adesão de espírito a espírito, e a isso ele não estava disposto.

Aquela noite ia se prolongando demais. Chorou com as primeiras bofetadas e, desolada, logo sentiu que ele a invadia com violentas estocadas enquanto apertava com força a sua garganta. O ar aos poucos deixava os pulmões rumo à inconsciência. Buscava, sem sucesso, as últimas forças, esvaídas pela dificuldade da respiração. Depois disso, o alívio. Desmaiara. O resto, só soube mais tarde, quando ele a reanimou para reiniciar a tortura. A dignidade se fora junto com a esperança. Não sobreviveria.

Tentando desviar daquelas imagens, seguia em direção ao nada, confiando na precisão dos seus instintos. Tardava a visita da claridade matutina e no firmamento reinava o breu. A escuridão celeste estava saliente e as nuvens quase não se moviam, anunciando uma tempestade. Os arrojados ventos perdiam toda a voz, limitando-se a apenas lamberem as folhas das árvores sem o poder de dobrá-las. Sob seus pés, a terra ostentava a quietação da morte. Mas logo um raio rasgou os ares com um hórrido trovão e, depois da pausa, iniciou-se o bailado espetacular entre o céu e a terra.

Solitários, ao longe, relâmpagos acendiam o firmamento em manchas azuis. Era lindo. Sempre gostou de virações, como dizia a avó: "Essa menina tem cruza com o além, nunca vi gostar tanto de temporal!".

A lembrança da avó puxou outras tantas, inúteis agora, mas vívidas e torturantes. Como ela chorou, inconformada com a tragédia. Inconsolável diante da carcaça rígida e pálida, emoldurada pela madeira do caixão. Renan, pálido, encolhido em um canto. Os olhos vermelhos, o rosto inchado. Alguns amigos, o grupo do hospital, uns pacientes até. Queria falar com eles, dizer que estava tudo bem, mas ninguém a ouvia. Tentava, desesperadamente, mover um único músculo no intuito de voltar a ser como antes. Porém, a vida tinha outros planos, dos quais ela fora excluída.

Foi aí que decidiu. Clamou aos anjos celestiais, implorando por uma única chance. Não descansaria até conseguir a vingança, mas a recusa veio com o perdão, que ela rejeitou. "*Errare humanum est, ignoscere divinum*", disseram em coro os Arcanjos. Bradou, exigiu, desistiu. Não queria frases feitas em latim, a língua dos anjos; queria justiça. Profanou as Sagradas Escrituras, vociferou contra o Criador. Contestou a humanidade dos erros e a divindade do perdão. Fechou a alma para os bons e abriu as artérias para as profundezas do caos. Lavaria, com sangue, as próprias mãos. A promessa estava feita e não ousaria trair a si mesma.

Desceria aos infernos, desafiaria todos os demônios, mas precisava voltar. Por ela, pelos outros, pelas outras. Invocou o mal em todas as suas formas, entregando-se às penas do Purgatório. Lá, encontrou guarida para seus desejos perversos de castigo e flagelos indizíveis. O pacto estava firmado, a alma entregue. Dela não sentiria falta.

Deixou de lado a saudade porque enfraquecia a vontade e havia urgência nos próximos passos. Concentrou-se no vento. Aos poucos, foi reconhecendo aquele cheiro. Sem equívocos, era dele.

Com um ruído metálico, as portas do bar foram fechadas, encerrando a noite e tirando-a do seu devaneio. Ele não viria, estava claro. Mas algo parecia não estar se encaixando. Ela sentia, respirava aquela presença como se fosse uma fumaça tóxica a lhe inflamar as narinas. Nada havia a temer, nem mesmo as trevas, das quais se tornara serva fiel. Carregava o destino inequívoco daquela criatura abjeta e vil. Entregaria em mãos, sem intermediários.

Parou à beira da calçada. Um farfalhar nos galhos das árvores deu início à agitação. Ficou ali, por algum tempo, admirando o céu. "Céu. Não foi de lá que eu vim. Os anjos celestes recusaram o meu pedido. Pelo menos, sempre há alguém disposto a fazer uma troca. Nem precisei esperar muito."

O movimento era fraco àquelas horas. Alguns casaizinhos passavam abraçados, dando gargalhadas e carregando garrafas de cerveja. Chegariam bem. Molhados, talvez, mas felizes por um tempo. Desejou poder compartilhar daquela felicidade tranquila, mas logo foi tomada pelo ímpeto de aplacar a fúria a lhe consumir.

A chuva e o vento aumentavam e os raios pareciam dardos em ziguezague. Fogo celeste de violência irresistível e força hipnótica. A tempestade viera mesmo. Poucos carros circulavam na rua ainda mais escura e quase deserta por causa do temporal.

Puxou a capa sobre o corpo e protegeu o rosto do vento e da chuva a despencar em pingos grossos. Puro instinto, pois que mal haveria? Costume, apenas. No fim, todos querem proteção — dos outros ou de si mesmos.

Chovia enfim. O sêmen descido dos céus, esperma fecundando a terra que se entreabria para as nuvens negras, fazendo brotar a justiça ou a vitória. Ambas serviriam, embora preferisse a vingança.

Ao longe, notou um veículo se aproximando. Um carro vermelho feito seu batom. Vinha devagar, escolhendo o caminho por entre as poças d'água. Estava sozinha e ele imediatamente parou, conforme ela havia previsto. Seus olhos brilhavam sob o capuz; estava excitada, seria a sua primeira vez. A hora havia chegado. Precisava manter tudo sob controle, saborear sem pressa cada instante de terror que daria início à mais tenebrosa aventura daquele maníaco. Só restava aproveitar. Dali em diante, libertaria os seus piores e hediondos desejos.

— E aí, gata, sozinha a esta hora? Vem, sai da chuva! Entra

aqui que eu te dou uma carona. Sou um cara bonzinho, vai ser legal — falou, num tom tranquilo e abrindo a porta por dentro.

As pupilas dilataram e ela entrou no veículo. Tudo a seu tempo. Sem atrasos, sem equívocos. Só precisava ter paciência, uma virtude a ser desenvolvida. Depois de hoje, talvez pudesse descansar em paz.

Diante do silêncio dela, tomou a iniciativa:

— Chovendo forte, hein. Ninguém na rua, ainda bem que eu apareci. Corajosa, gostei. Assim fica mais divertido, a brincadeira vai ser mais gostosa — dizia ele, enquanto avaliava a sua vítima.

Sua voz, aparentemente suave, era traída pela rigidez do maxilar raivoso. Ele estava pronto para agir mais uma vez. Sentia por dentro uma força indomável a lhe corroer as entranhas. Precisava saciar aquela sede, esgotar a fonte até não restar mais nenhuma gota de perversidade. Gostava de vê-las gritar, espernear. Excitava-se ao vê-las cobrir os seios, morder suas mãos, tentar em vão manter os joelhos unidos. Faltavam somente mais uns metros e pronto. Ninguém os veria.

Desta vez havia sido diferente. Sem que precisasse procurar, ali estava uma nova distração. Fácil demais. Era só atravessar a praça e entrar no beco. "E aí, menos uma maldita no mundo", pensou ele.

No banco de trás, ela apenas ouvia. Sem resposta, ele ligou o rádio e desviou pelo beco. O jogo ia começar.

— É tímida? Gosto desse tipo. Cada vez mais tenho a impressão de que vamos nos divertir muito. Estamos apenas começando, vadia — disse ele, dando sinais de que iria iniciar o seu *modus operandi*, a sua assinatura, a sua digital. O dele, ao interagir com as vítimas, era o estupro e a tortura. Para começar.

Então, como parte do plano, pulou para o banco de trás. Ela não se moveu, deixando-se intimidar. Queria levá-lo ao seu limite, fazê-lo explodir em fúria. Lembrava bem das aulas de Psicologia e das lições estudadas. Iria colocá-las em prática do seu jeito. Excitado, nem percebeu a falta de resistência da sua companheira de viagem e começou a gritar enquanto pegava a faca:

— Vadias! São todas umas vadias! Ninguém precisa de vocês. Vem, vou te mostrar quem manda aqui, desgraçada.

Ali, sentada, ela se divertia. Ele, concentrado em obter a realização de seu desejo e a satisfação de seu gozo temporário. Com movimentos ensaiados, tentou em vão juntar os pulsos dela com a fita adesiva. A cada tentativa, os punhos se desfaziam e tornavam a se materializar. Horrorizado, puxou para trás o capuz que até então encobria o rosto da mulher. No mesmo instante, a reconheceu. Ali, visíveis no pescoço pálido em contraste com o manto negro, as marcas roxas que ele mesmo causara.

Com um sorriso pavoroso e mortal, ela o sentenciou enquanto mostrava a sua face descarnada. A boca escancarada, aos guinchos, apresentava a ele os umbrais do suplício eterno onde, a partir de agora, ele padeceria. O poder era dela, ele seria subjugado. Arbitraria conforme a sua vontade. Era ainda principiante, mal conhecia as mazelas da vida e da morte. Haveria uma eternidade para se acostumar à posse perfeita de uma existência sem fim. A voz rouca e tétrica proferiu a sentença, a sua primeira, aprendida com os anjos, aperfeiçoada pela escuridão. Finalmente, tornara-se uma verdadeira emissária do caos, a vingadora da vítima.

— Vem, o inferno te espera! Lá, o verme que atormenta o ímpio nunca morre.

Na manhã seguinte, os jornais estampavam a notícia:

"Encontrado sem vida motorista apontado como responsável por estuprar, estrangular e matar mulheres. Segundo a polícia, o sujeito costumava agir à noite, aproveitando as saídas de bares e casas noturnas. Todas as vítimas eram mulheres jovens e sozinhas. Acredita-se que ele usava um perfil falso em vários aplicativos de transporte de passageiros e se apresentava com documentos irregulares.

Ao todo, sete mulheres foram assassinadas. Para a perícia, as mortes podem estar relacionadas ao mesmo criminoso, pois evidências apontam semelhanças entre os casos: pulsos colados com fita adesiva, marcas de estrangulamento, resíduos de saliva e sinais de estupro.

De acordo com a investigação, ainda não é possível determinar a causa da morte do homem — hemorragia ou asfixia. Um fato que intrigou os investigadores foi o requinte de crueldade empregado: na altura do peito, riscada à faca sobre a pele, uma frase em latim: *post mortem vindicaret*. Os testículos, caprichosamente removidos, entalados na garganta. Em cima do corpo, um batom vermelho.

Até o momento, não há suspeitos."

Eu Vejo

LU EVANS

23 de outubro
Querida amiga M.,
Cheguei pouco antes do meio-dia. Foi uma viagem fácil e a paisagem é adorável, mas devo confessar que o caminho até aqui foi mais ou menos assustador. Quilômetros e quilômetros de estrada vazia, sem qualquer casa de campo à vista; tudo ao redor são planícies, bosques e montanhas azuladas. Eu nunca estive em um lugar tão isolado.

É sem dúvida uma área bonita, e acredito que vou adorar quando a primavera chegar. Neste momento, está frio e ventoso, e as árvores, com exceção dos pinheiros, estão nuas e ressecadas. O céu está sempre carregado de nuvens densas e não me surpreenderei se tivermos uma nevasca em breve, já que esta região é conhecida pela enorme quantidade de neve que recebe durante todo o inverno, e as camadas são tão profundas que não há como trafegar pelas estradas até a metade da primavera, quando a maior parte finalmente derrete.

Mas não estou reclamando. Por favor, não pense que sou ingrata. Depois da morte do meu pai, sua família só tem me ajudado, e por isso serei sempre grata. Este trabalho de copeira me salvou de um futuro miserável. Devo tudo a vocês e estou confiante de que este novo capítulo da minha vida me guiará para coisas maiores.

Estou muito satisfeita com o meu salário. Até meados de

maio, desempenharei não apenas minhas tarefas, mas também a de arrumadeira, assim terei pagamento dobrado. Ao mesmo tempo, não arcarei com despesas como alimentação ou estadia, e como não haverá ninguém aqui para atender, meu trabalho será bem mais leve. Além do mais, recebi permissão para, no final da tarde, depois que terminar todas as tarefas, ler na biblioteca, o que considero ser de grande generosidade dos patrões.

O senhor e sua família irão para a capital daqui a pouco. Eles vão ficar lá até o verão, como de costume. Estão com pressa porque este ano a grande nevasca está se aproximando mais cedo e eles querem estar longe daqui antes que a tempestade os impeça de ir a qualquer lugar. Quase todos os empregados irão com eles. Apenas eu ficarei aqui ao lado de um velho servo da família, sr. Blackwood, que, pelo que me disseram, nunca vai para a capital. Aliás, nunca vai para canto nenhum.

Uma das arrumadeiras se ofereceu para levar esta carta até os correios. Esta será a única que receberá de mim até a primavera, mas saiba que escreverei todos os dias e, assim que as estradas estiverem abertas, as enviarei ao mesmo tempo. Quem sabe, antes do próximo verão terminar, poderemos nos encontrar pessoalmente. Seria muito bom revê-la.

Desejo-lhe o melhor inverno de todos!

S.

24 de outubro

Querida M.,

Os patrões e os serviçais se foram ontem no início da tarde como planejado. Na hora do jantar, tive tempo para conhecer melhor o mordomo, sr. Blackwood, que à primeira vista pareceu ser um homem adorável. É alto e esguio, e imagino que tenha sido muito charmoso quando jovem. Sua cabeleira ainda é vasta e os olhos são de um azul faiscante. Não perguntei sua idade, mas suponho que deva ter mais de 70 anos, embora mantenha uma aparência forte e saudável.

Muito gentil, o sr. Blackwood fez questão de me informar um pouco sobre o passado da casa, e fiquei sabendo que não apenas é antiga, mas um pedaço da história encravada neste belo panorama.

Percebendo meu interesse, o sr. Blackwood me contou muitos detalhes da residência e da família a qual ela pertence por todas as gerações desde sua construção. Nunca passou para as mãos de ninguém que não viesse daquela linhagem.

É visível que o sr. Blackwood tem grande prazer em falar sobre esta casa. Por exemplo, me explicou que ela pertence a uma classe especial de arquitetura característica do período feudal na Europa. É uma casa de campo fortificada, daquelas usadas pelos nobres para evitar assaltos! Você acredita nisso? Eu me sinto muito segura agora.

Explicou que uma propriedade medieval era basicamente um vilarejo, com casa senhorial, igreja, casa do padre, forno do senhor, oficina de ferreiro, moinho, estábulo e curral para animais diversos, além de casas ocupadas pelos camponeses e pelo menos três campos: um para os animais se alimentarem e dois para as lavouras.

Os camponeses viviam em casas simples de madeira e palha ou gravetos recobertos de lama ou mesmo dejetos animais. Trabalhavam duro nas plantações e cuidando de pequenas criações de galinhas e patos, porcos e ovelhas. Claro, a igreja era incrivelmente importante para os habitantes de uma propriedade medieval, mas era o senhor feudal que decidia o destino dos que viviam sob sua proteção.

Nossa conversa durou muito tempo, e continuamos sentados à mesa da cozinha mesmo quando terminamos a refeição. Vou colocar aqui os trechos mais relevantes do nosso diálogo da forma como me recordo.

"Durante o final do período medieval havia ameaças constantes de ladrões e inimigos às mansões rurais e precauções para proteção dos seus habitantes eram necessárias. É claro, as fortificações das casas senhoriais não eram tão elaboradas quanto as dos castelos", ele me explicou, com ares de professor universitário.

"E esta? Quais aspectos de fortificação ela tem e quem a construiu?", perguntei, empolgada, e ele me contou:

"Foi construída por um senhor feudal em meados do século XV. Havia um fosso ao redor e uma ponte levadiça. Essas partes não existem mais, mas penso que você percebeu algumas torres altas lá fora. Dali eles vigiavam."

"O que aconteceu com o fosso e a ponte levadiça?"

"Na virada do século XVI, casas senhoriais e pequenos castelos passaram por uma mudança de estilo e perderam muitas de suas características de fortificação."

"E as casas dos camponeses?"

"Não resistiram ao tempo, pois não foram feitas com materiais duráveis. Os campos deixaram de ser cultivados por longos anos, já que o solo estava saturado. Apenas algumas décadas atrás, após um longo processo de recuperação, iniciaram o cultivo de uvas para a produção de vinho. E como você já sabe, todos se vão quando o frio chega porque não há qualquer trabalho nos campos durante o inverno."

"Eu vi uma cruz muito alta por trás da mansão quando cheguei."

"É a igreja. Os patrões a usam para realizar casamentos dos membros da família, batismos das crianças e para missas quando alguém da família morre. Trazem um padre da vila mais próxima para essas ocasiões. E tem um lindo cemitério no terreno ao lado da igreja, onde todos da família são enterrados. Preciso levá-la lá. Penso que gostará muito das sepulturas. Todas elas são decoradas com lindos anjos de mármore feitos por artistas renomados de diferentes épocas. As estátuas são tão perfeitas que às vezes tenho a impressão de que estão vivas." Ele piscou um olho para mim e sorriu, exibindo dentes perfeitos e brancos, mas aquele último comentário me deixou um pouco inquieta.

Sua eterna amiga,
S.

25 de outubro
Minha querida M.,

Minha primeira noite aqui não foi das mais tranquilas. Estranhei a cama nova, o ambiente diferente, os ruídos da casa antiga e até mesmo o barulho do vento soprando lá fora como se estivesse trazendo cochichos que entravam pelas frestas da janela.

Enfim o cansaço da longa viagem e o estresse de tentar me comportar da forma esperada na frente dos patrões e do sr. Blackwood me venceram.

Após o café da manhã, o sr. Blackwood encontrou tempo para me mostrar toda a casa e me instruir sobre como desempenhar cada tarefa, embora eu já tivesse conhecido vários ambientes da parte térrea ontem.

A mansão contém pouco menos de cinquenta cômodos no total. Há um salão no térreo onde antigamente o senhor feudal costumava receber os plebeus do seu território. Agora, está decorado com um gosto refinado, em sintonia com o status social dos novos donos.

No térreo também há a sala de jantar, a biblioteca, a cozinha, um banheiro para os visitantes, um jardim interno e uma área destinada à lavanderia, além de um corredor com oito quartos destinados aos empregados e dois banheiros, um para as mulheres, outro para os homens.

O meu quarto está bem ao lado daquele ocupado pelo sr. Blackwood, o que é um alívio para mim pois não gostaria de estar isolada em uma casa tão grande e antiga. Sem contar que meu quarto tem sua própria lareira, o que vem bem a calhar, já que a impressão que tenho é que a temperatura vem despencando com o passar das horas.

Há também uma câmara subterrânea onde guardam os barris de vinho e que fica bem ao lado do porão. No topo da escadaria que leva à parte subterrânea da mansão, o sr. Blackwood advertiu:

"Nunca vá no porão, e se tiver de ir, não vá sozinha."

Eu, é claro, perguntei o óbvio, e ele respondeu:

"Algumas das nossas empregadas que vão ali têm uma crise de nervos. É um lugar apavorante para elas."

Repeti a pergunta mais óbvia de todas.

"Por causa do fantasma do ladrão", ele iniciou. "Muito tempo atrás, um dos empregados da família estava roubando dinheiro e pequenos objetos de grande valor desta casa. De início, ninguém reparou, mas, com o tempo, a família percebeu e começou a prestar mais atenção e a investigar cada um dos serviçais. Teve gente que foi mandada embora por suspeita dos crimes. Finalmente, o verdadeiro ladrão foi surpreendido e, por causa disso, levado ao porão e acorrentado pelo pé. Não recebeu nada para comer, apenas água. Morreu de fome em 18 dias. Seu esqueleto ainda está lá embaixo e, por causa disso, o fantasma atormentado ainda pensa que está preso pelo pé. Qualquer um que desce ao porão recebe as súplicas do criminoso para abrir o cadeado da corrente e libertá-lo."

De início, não acreditei naquela história, mas o sr. Blackwood me olhava com seriedade e, para completar, mirando o fundo da escadaria de pedra, tive a impressão de ter ouvido um lamento baixinho e me arrepiei da cabeça aos pés.

O sr. Blackwood, com um sorriso discreto e sem tocar mais no assunto, me levou para conhecer o andar de cima, onde estão os quartos ocupados pelos donos da mansão, alguns banheiros, um escritório, uma sala de costura, varandas e as torres de observação.

Com todo amor,
S.

26 de outubro
Amiga de meu coração,

O sr. Blackwood é um homem sorridente e gentil, mas já percebo que há um lado sombrio e quase perverso se sobressaindo em sua personalidade. Talvez eu esteja ficando impressionada com as histórias macabras que ele tem tanto gosto em contar. Ontem, por exemplo, fiquei com tanto medo de uma delas que não consegui dormir a maior parte da noite, e cada pequeno som noturno me deixava aterrorizada.

Estávamos no sótão durante a tarde, procurando um vaso que o sr. Blackwood queria pôr em uma das mesinhas em substituição a um que eu quebrei pela manhã. Foi quando ele me contou a história do filho deficiente mental de um antigo senhor da propriedade.

"A família tinha muita vergonha de mostrar a criança retardada, por isso montou um quarto para ela aqui" e apontou para um canto do sótão onde havia uma cama estreita, uma mesinha de cabeceira e um baú, ainda aberto, expondo brinquedos quebrados e descoloridos. "O menino não tinha permissão para brincar nos jardins ou para descer aos outros ambientes da casa. Este sótão era o único lugar que ele conhecia. Até mesmo a janelinha eles cobriram com tábuas para que nenhum visitante soubesse da sua existência."

Olhei para a minúscula janela redonda que dava para o jardim e imaginei a triste existência de uma criança presa ali sem ao menos ver o sol.

"Quando recebiam visitas, o pai amarrava e amordaçava o coitado para que ele não fizesse barulhos e causasse constrangimentos. Quando tinha 15 anos, o garoto acertou a cabeça do pai com aquela barra de ferro ali" e mostrou a peça ainda deitada no chão, manchada de um marrom escuro ao lado da cama. Continuou: "Estourou a cabeça do homem, que morreu na mesma hora, e assim conseguiu fugir da casa. Nunca mais tiveram notícias dele".

Encontrando o vaso, uma bela peça de porcelana chinesa, dentro de uma caixa, sorriu e deu por concluída sua missão. Descemos, mas não sem antes ele deixar claro que teria de falar aos patrões sobre a minha negligência e o prejuízo que causei. Provavelmente eles tirariam do meu ordenado o preço da peça que quebrei por acidente, e aquilo me deixou muito aborrecida, pois sabia que teria de trabalhar por muito tempo para cobrir o custo da obra de arte.

Saudades sempre,
S.

27 de outubro
Amiga querida,

Esta manhã, o sr. Blackwood me levou à igreja que faz parte da propriedade. De acordo com ele, o prédio passou por poucas renovações, e a família sempre fez e continua fazendo questão de contratar um serviço periódico de manutenção e restauração, mantendo assim seu aspecto original e evitando que tenha problemas estruturais.

Antes de entrar, observei sua fachada por um tempo. É um prédio de paredes maciças, construído com pedras cinza-escuras e sem qualquer ornamento, a não ser a torre do sino em cujo topo há uma cruz. Sempre que um residente da casa falece, o sino toca.

Enquanto atravessávamos o pórtico da igreja, o sr. Blackwood explicava que na época medieval havia outro motivo, ainda mais forte, para tocarem o sino. Isso acontecia quando era necessário dar alarme em caso de invasão.

O espaço no interior da igreja era simples e austero. Alguns bancos enfileirados de cada lado da nave e a visão de um altar singelo cujo único adorno é uma cruz de madeira em seu centro. Ao lado direito, um tanque batismal usado para batizar os bebês que nascem na propriedade, sejam membros da família ou filhos dos empregados.

O lugar tem uma aura misteriosa e, através da porta, entra a luz matinal que banha a cruz do altar.

Distraída com o interior da igreja, eu até tinha esquecido o que o sr. Blackwood estava me dizendo antes de entrarmos ali, mas ele retomou o assunto:

"Esta igreja resistiu bravamente a muitos ataques. Enquanto o senhor feudal e sua família se refugiavam na mansão fortificada, os camponeses buscavam segurança aqui, onde rezavam para que tudo terminasse bem. Apenas uma vez suas preces não foram ouvidas. Os invasores não conseguiram penetrar na mansão, mas colocaram a porta da igreja abaixo. O que se seguiu foi um banho de sangue. Homens, mulheres e crianças foram assassinados. Algumas mulheres, as mais bonitas e jovens, foram levadas, e os atacantes deixaram o lugar depois de coletarem tudo de valor: peças religiosas e relicários da igreja, animais, frutas e grãos. Incendiaram as casas dos camponeses e enfim desapareceram na escuridão da noite."

Enquanto ele narrava os terríveis fatos ocorridos séculos atrás, eu olhava em volta, imaginando os gritos de horror das pessoas acuadas entre aquelas paredes altas, sem terem uma rota de fuga, pois não há janelas e a única passagem para fora é a porta. Imaginei as mães tentando proteger os corpinhos dos filhos com seus próprios braços e os homens, armados de ferramentas de trabalho, tentando defender a própria vida e das suas famílias. De repente, era como se eu visse o sangue das vítimas salpicando o chão e as paredes. Na mesma hora senti meu estômago girar sem controle e pus para fora tudo que tinha comido no café da manhã.

O sr. Blackwood foi muito atencioso e prontamente me tirou dali, achando que eu estivesse doente.

"Não se preocupe com nada, querida, vá se deitar. Eu limparei tudo."

E assim terminou nossa visita à velha igreja.
Sempre sua,
S.

28 de outubro
Minha amada amiga M.,

Como me mostrava mais bem-disposta na manhã de hoje, o sr. Blackwood afirmou que me restabeleceria ainda mais rápido com uma caminhada para tomar ar fresco.

Passamos por frente da igreja, mas, observando minha expressão amedrontada, ele não se deteve ali e me levou direto para o cemitério. Tal como ele tinha descrito dias antes, as estátuas de anjos que adornam as lápides são incrivelmente expressivas. Ao caminhar por entre elas, tive uma sensação muito estranha de que seus olhos me acompanhavam.

Paramos diante de um túmulo e, por trás de mim, ele plantou suas mãos enluvadas em meus ombros e me disse que a ocupante daquele túmulo fora enterrada viva.

"Co-como assim? Como descobriram isso?", eu perguntei, o coração já disparando.

Seus dedos longos continuaram colados nos meus ombros, como se ele quisesse impedir que eu fugisse ou mesmo me mexesse. E, por trás de mim, a boca quase colada em meu ouvido, narrou:

"Seu marido estava com dívidas de jogo e podia até mesmo perder esta propriedade, mas lembrou-se de que sua esposa, falecida poucos dias antes, tinha sido enterrada com um imenso anel de diamantes que valia uma fortuna. Para pagar a dívida, ele resolveu desenterrá-la e resgatar a joia. Ao abrirem o caixão, viram que a mulher estava toda torta, como se tivesse se debatido ali dentro em pânico. Seus olhos estavam abertos, os cabelos desmazelados, as unhas quebradas e a tampa do caixão arranhada." Ele respirou fundo, então completou com uma calma fria e calculada: "Como não havia mais nada a ser feito, ele tirou o anel da sua mão e a enterrou de novo".

Pequenos flocos de neve se espalhavam pelo ar, caindo aqui e ali com timidez. As nuvens cobriam todo o céu como véus cinzentos. Era a primeira nevasca que chegava e, me desvencilhando das suas mãos, justifiquei que estava com muito frio e corri de volta para a casa, decidida a nunca mais voltar àquele cemitério. E enquanto corria por entre as estátuas, tive novamente a impressão de que não apenas me observavam como também sorriam, zombando da minha covardia.

29 de outubro
Querida M.,

Horas depois da soturna visita ao cemitério, assisti, através da janela do meu quarto, o vento girando os flocos de neve em muitas direções diferentes antes que eles caíssem no chão. Pela densidade da tempestade, todo o campo estaria soterrado antes do próximo raiar do sol.

Tenho uma alma sensível e estou decidida a pedir que o sr. Blackwood pare com suas narrações. Sei que ele vai rir de mim e dizer que meu medo é uma tolice, mas o fato é que já é assustador o suficiente ficar isolada durante todo o inverno nesta casa tendo como única companhia um velho que mal conheço.

Demorei a adormecer. Estava com fome, pois tinha dispensado o jantar. Não queria de forma alguma estar na presença do sr. Blackwood. E toda vez que meus olhos iam fechando, vinha à minha memória sua face calma contando as histórias mais apavorantes.

No meio da madrugada, acordei com o coração aos pulos, ouvindo gemidos agoniados vindos do quarto do sr. Blackwood. Não sei se ele estava tendo um pesadelo ou se cometia algum ato libidinoso que prefiro não mencionar. De qualquer forma, preferi me certificar de que a porta do meu quarto estava bem trancada. Por garantia, arrastei uma mesinha e a encostei contra a porta para evitar uma invasão.

Fiquei lutando contra o pavor por algum tempo, até os sussurros e gemidos se esvanecerem no silêncio da madrugada, o que aconteceu apenas alguns minutos atrás. E agora, com as mãos trêmulas, tento registrar o que está acontecendo nesta carta para você. Está quase amanhecendo.

Saudades sempre,
S.

30 de outubro
Minha adorável amiga,

Esta manhã não encontrei o sr. Blackwood na cozinha e achei estranho, pois é a primeira vez, desde que cheguei, que ele se atrasa para o café da manhã. Como eu não tinha jantado na noite anterior, decidi comer mesmo sem que ele estivesse presente.

Vinte minutos depois, após limpar a louça que tinha acabado de usar para minha primeira ceia, fui procurá-lo, imaginando que tinha acordado mais cedo para fazer algum reparo ou serviço especial na casa.

Depois de perambular por algumas salas do térreo, sempre chamando por ele, me dirigi ao andar superior, mas não o encontrei em qualquer um dos aposentos. Do terracinho de um dos quartos, vasculhei todo o terreno da parte da frente da mansão. Não havia pegadas no grosso cobertor de neve que naquele momento devia ter quase um metro de espessura, e a neve ainda nem tinha parado de cair.

Fui até outro quarto, do lado oposto do corredor, cuja janela dava para a parte de trás da propriedade, inclusive com vista para a igreja, o cemitério e o estábulo (que eram da responsabilidade do sr. Blackwood), imaginando que ele teria ido checar se os animais tinham passado bem aquela primeira noite de neve e frio intenso. Mais uma vez, não vi qualquer marca da passagem do homem sobre a neve.

Enquanto descia a escadaria, lembrei-me de tê-lo ouvido gemendo na noite anterior. Talvez ele tivesse caído e não conseguia mais se mover ou pedir socorro. Com o coração apertado, corri para seu quarto. Ofegante, bati à porta, mas ele não respondeu, então girei a maçaneta devagar e percebi que a porta estava destrancada.

Ele não estava ali, mas havia sangue marcando os lençóis alvos da cama e traçando um rastro vermelho pelo chão desde a cama até a janela, que estava escancarada. O vento frio entrava com fúria, trazendo neve que já se acumulava em todos os cantos e cobria boa parte das marcas de sangue.

A cama estava desmantelada, como se o pobre homem tivesse sido arrancado de lá depois de uma terrível briga.

Corri até a janela, colidindo na parede e, perdendo o equilíbrio, quase despenquei. Mas, retomando a posição ereta, observei o entorno e, para minha surpresa, a neve do lado de fora estava fofa e branca. Não havia qualquer marca vermelha ou pegada. Não havia qualquer sinal do sr. Blackwood nos arredores. Era como se uma grande ave de rapina o tivesse carregado pelos ares. Gritei seu nome duas, três vezes, sem receber qualquer resposta. Fechei a janela e então forcei minhas pernas bambas para fora do quarto.

De volta à cozinha, me segurei à mesa para não cair. Meu

corpo inteiro estava tremendo. O oxigênio escapara dos meus pulmões e eu não conseguia me controlar o bastante para trazê-lo de volta. Tudo foi escurecendo à minha volta.

Quando voltei a mim, me sentia desorientada, achando que ainda estava na cama e que tivera um sonho ruim, mas me vi no chão frio da cozinha.

Com muita dificuldade me ergui. Foi quando vi que meu avental estava todo sujo de sangue. Na certa aconteceu quando estava na janela do quarto do desaparecido.

Meu coração batia enquanto eu imaginava as possibilidades, e todas elas eram sombrias e perturbadoras. Havia alguém ou alguma coisa ali e, o que quer que fosse, tinha uma índole assassina. Seria uma pessoa, uma fera, um monstro, um ser demoníaco?

Eu te amo,
S.

31 de outubro
Amada amiga e irmã M.,
Estou trancada na biblioteca desde ontem, sem coragem de sair. Desde ontem não bebo água ou me alimento. A fraqueza se apossa do meu corpo e da minha alma.

No birô, escrevo esta carta para você, minha querida amiga, e confesso que não tenho qualquer esperança de voltar a vê-la.

Veja minha escrita! Está toda trêmula, mas quero registrar o que está acontecendo, pois sei que escapar é impossível. A neve está alta demais e a tempestade ainda nem parou; pelo contrário, tornou-se mais intensa.

Estou devastada! Não há outra palavra para expressar como me sinto.

Penso estar ouvindo passos pela casa, e portas abrindo e fechando.

Permanecerei aqui, sentada, anotando sentimentos e sensações até o último minuto.

Os passos estão mais próximos. Minha garganta está seca. Tento escrever mais rápido.

A porta está trancada. Ninguém entrará.

Oh! Não!

A porta abre devagar.

Eu vejo...

Vagalumes de Água Doce

GABRIELLE ROVEDA

Beethoven compôs a nona sinfonia quando estava completamente surdo por uma patologia degenerativa. O público já não lhe causava euforia; naquele ponto, os aplausos talvez lhe trouxessem uma extrema tristeza. A música nunca o deixou de verdade; ele não podia ouvir sequer ruídos, mas ao menos sua memória sonora lhe trazia algum amparo.

Diferente de mim.

Nasci surdo e, por consequência, não aprendi a língua falada, apesar de emitir sons ao tentar comunicar-me, o que é ainda pior quando se precisa conviver em sociedade. Ao que tudo aparenta, pessoas com deficiência não podem ter sonhos; os olhares de reprovação dizem ser impossível realizá-los. Tentam nos convencer de que nossos sonhos não devem figurar como prioridade. Afirmam que o nosso foco precisa ser outro: suprir o buraco que a natureza cavou.

Os surdos ouvem, mas a maioria pensa que não. As pessoas esquecem que até o ser mais perfeito é repleto de lacunas. Deveríamos não sonhar somente porque acham que não devemos sonhar?

A verdadeira deficiência está na apatia da sociedade, na falta de solidariedade, na manutenção de privilégios.

Contudo, eu me tornei arqueólogo, pois sempre gostei de sonhar com grandes descobertas e passar a vida na busca incansável de algo importante.

Minhas últimas pesquisas me trouxeram à Amazônia, numa área de difícil acesso dentro floresta. O grupo de pesquisadores que acompanho é pequeno e dividiram as funções para o tempo de estadia diminuir. Porém, esqueceram de me avisar que só precisariam da minha experiência caso houvesse realmente alguma emergência. Como um reserva no futebol, fui obrigado a afofar minha bunda num banco e cuidar do acampamento sem poder sair dali.

Fatigado por aquela espera, no intuito de descobrir qualquer coisa que me fosse útil, decidi explorar o local, sem suspeitar no que minha teimosia resultaria. Depois de andar em círculos por horas, zanzando pela floresta, avistei uma pequena aldeia abandonada a mais ou menos sete quilômetros da corrente do rio Amazonas, onde estávamos acampados.

Eu a enxerguei de cima, em um morro não muito elevado. Tive a impressão de ver geóglifos em um ponto de terra sem mata. Fiquei espantado. Era uma descoberta e tanto, talvez tão importante quanto as linhas de Nazca. O território arredondado com valas e repleto de folhagens altas dificultava o caminho. Mesmo assim segui adiante. Quando cheguei próximo, percebi que o que sobrara das moradias tornara-se ruínas marcadas pelo tempo de no mínimo três mil anos, com pedras caídas de algumas paredes. Ao centro um espaço circular e com terra preta, talvez carbonizada, em que nenhum mato crescia — provavelmente tinha sido o local de uma grande fogueira. Poucos artefatos de caça e cerâmica perdiam-se entre o matagal que cobria aquele minúsculo paraíso histórico; a maioria em pedaços, mas todos importantíssimos para reconhecimento cultural. Meus olhos brilhavam pelo orgulho de ter encontrado um tesouro; meu coração pulsava pelo egoísmo de uma descoberta só minha.

Uma das coisas que chamou minha atenção, além de tudo isso, foi ter encontrado ao fundo da aldeia pedras sobrepostas como se fossem um muro na entrada de uma caverna.

Procurei por uma brecha entre as pedras e encontrei espaço suficiente para invadir a caverna. Alguns blocos estavam caídos na parte externa. Afinal, o tempo se encarrega de destruir tudo. Mirei o facho de luz da minha lanterna em um corredor estreito que deixava o ambiente claustrofóbico e quase impossível de entrar. Vi nas paredes úmidas desenhos rabiscados que informavam algo indecifrável. O corredor terminava em uma fenda de no máximo trinta centímetros, e do fundo vinha a frequência de um som constante que vibrava pelas paredes até os meus ouvidos surdos, instigando-me a seguir em frente.

Fui até a fenda. Enxerguei uma queda d'água que nascia, aleatória, do meio de uma cadeia de pedras uns trinta metros abaixo de onde eu estava. Em seu entorno, um grande buraco revelava um poço iluminado por uma curiosa luz azulada que se movia com certa lentidão. Cerca de sessenta metros separavam-me da iluminação incomum.

Sem questionar muito se devia ou não descer, fui vencido pela curiosidade. Da mochila que trouxera comigo, retirei uma corda de escalada e a amarrei na saliência de uma das rochas. Quando estava firme, desci pé por pé, tentando firmar minhas botinas nas pedras úmidas e sendo salpicado pela cachoeira. Finalmente cheguei ao fundo.

Não era um poço; havia me enganado.

Rochas formavam uma base sólida sob meu corpo ofegante, um estranho lago subterrâneo fluía lento à minha frente e o ambiente iluminado pela água revelava que a escalada era apenas um caminho vertical no labirinto da caverna.

Ossos humanos preenchiam os vácuos entre as pedras procurando aconchego, crânios quebrados de todos os tamanhos indicavam a diferente idade dos fósseis, mas eram em sua maioria crianças. As luzes azuis como vagalumes pontilhavam a água refletindo nas estalactites úmidas do teto e pareciam abrigar as almas encarceradas daquele macabro cemitério sem saída.

Encontrei mais hieróglifos nas paredes. Mostravam pessoas de apenas um olho e membros do corpo faltando. Pela posição prostrada, talvez fossem fiéis realizando uma oração. Os símbolos pareciam descrever algum tipo de profecia realizada pelo deus da tribo. Algo como elevar seus súditos ao paraíso através da morte.

O buraco iluminado para eles era um meio de alcançar a salvação mesmo que tivessem lacunas em seus corpos. Se tratava de um gesto de amor e, ao mesmo tempo, de proteção aterrorizante à alma daqueles que sofreriam em vida pela carga de sua deficiência.

Eu me identificava com eles.

Meu objetivo original era mergulhar no rio Amazonas em busca de artefatos históricos. Desde o princípio queria ter sido chamado para fazer o que eu melhor sabia. Ainda bem que não esperei pelos meus colegas, que costumavam me deixar de lado. Agora eu poderia descobrir tudo sozinho e colher o sucesso. Por método, eu sempre carregava comigo o mínimo de equipamento. Coloquei uma máscara de mergulho, peguei um mini cilindro de oxigênio e vesti as nadadeiras.

Toquei a água gelada com as mãos e me arrepiei da ponta dos dedos ao final da espinha. O pequeno lago subterrâneo permanecia quase sem correnteza alguma no seu entorno, exceto pelo canto movimentado onde a cachoeira estreita desaguava. As luzes azuis continuavam se movimentando em seu interior como se fossem vagalumes iluminados e hipnotizantes que clamavam por mim e aguçavam minha curiosidade.

Prendi uma linha-guia em um galho encravado nas pedras. Depois disso, sem hesitar, eu submergi. Abaixo da superfície, a visão dos pontinhos de luz era ainda mais bela; um encantador ninho de fitoplânctons bioluminescentes dançava ao meu redor, deixando tudo mais surreal. Busquei o chão e a profundidade do lago não era extensa, mas ao fundo a água parecia correr para além das paredes da caverna numa viagem direcionada ao núcleo terrestre.

Segui o fluxo da água por entre as pontudas rochas sedimentares do corredor subterrâneo; mais ossos humanos adornavam o macabro interior daquilo que não se tratava de um lago, mas de um rio subterrâneo imenso.

Acompanhado pelos organismos bioluminescentes, desci o labirinto gelado em busca de um fim ou um desague externo, enquanto a água se tornava morna e a cada avanço mais quente. Só após um tempo mergulhado sem conseguir emergir pude enxergar a superfície outra vez.

À minha frente uma nova caverna se revelou, bem mais estreita e longa que a anterior. De alguma forma havia oxigênio no lugar, mesmo a uma significativa distância do solo exterior. Um longo caminho árduo de rochas margeava o fluxo do rio para sabe-se lá onde. O fim da linha-guia e o estoque que restava de ar do cilindro impossibilitou continuar o trajeto submerso. Obriguei-me a sair da água e foi nesse momento que a curiosidade intensa deu lugar a um medo instantâneo.

Do lado de fora, pude notar com atenção a diferença da água que se estendia à minha frente, nítida em sua nova cor. O escuro contrapunha com exatidão os limites de onde fitoplânctons azuis davam lugar aos verde-turquesa, e um vapor exalava de sua superfície como se a partir daquele ponto, abaixo, existissem fervedouros prontos para dissolver qualquer ser que ousasse nadar por ali, o que explicava a estranha e brusca mudança na temperatura do rio.

O fundo da caverna enegrecido e ofuscado pela névoa formada em decorrência do vapor instigava meus sentidos; meu ouvido não escutava o barulho da correnteza sumindo no incógnito túnel natural, mas captava a frequência de sons ocos colidindo com a estrutura abaixo do meu corpo. As palmas das minhas mãos e plantas dos pés entendiam o perigo sobrenatural que ali existia ao sentir o quase imperceptível tremor dissipar-se entre as paredes rochosas.

Figuras formavam-se entre o escuro e o nevoeiro; chamavam por mim.

"Venha", diziam em gestos esvoaçantes.

Astutas...

Cativantes...

Sedutoras...

Entre as lanternas orgânicas que agora esverdeavam a água mortal, uma sombra indefinida perambulava frenética, formando ondulações abruptas no véu líquido. Se tratava de um habitante singular daquele paraíso aquático que deixava seus rastros para depois desaparecer por completo. Calafrios ouriçavam-me os pelos.

Eu não estava sozinho.

Sua forma irregular causava espanto enquanto serpenteava sem parar ao meu redor; ansiava por tocá-la, enxergar o todo omitido daquela criatura. Toquei a água fervente e a ponta do meu dedo enrugou num segundo, trazendo de volta minha consciência.

Adentrei o corredor instigante atrás do nevoeiro que gritava por mim em silêncio rodeado pelas figuras fantasmagóricas que se formavam ali. O ar ficava cada vez mais denso, difícil de respirar. A sombra inquieta acompanhava-me pela água, deixando apenas rastros e uma incógnita atrás de si.

Que diabos de espécie sobreviveria num lugar como esse?

Minha mente vagava entre lembranças e o receio da morte; as coisas já não faziam sentido e os fatos se juntavam, misturando minha noção sobre as coisas do real e do ilusório. A cabeça latejava numa dor permanente; pedaço por pedaço, meu cérebro parecia ser arrancado com uma pinça. Náuseas me invadiam o estômago, e naquele exato momento poderia com facilidade colocar todas as rosquinhas de milho do café da manhã para fora sem sequer cogitar.

Os garotos da escola, com seus sorrisos cheios de dentes espaçados riam de mim entre as figuras bem à frente. As mãos apertavam a barriga, que deviam doer com a graça de cada uma das minhas tentativas de pedir socorro. Eu sabia que os sons grotescos e involuntários emitidos pela minha garganta não eram agradáveis; os sinto vibrar dentro de mim sempre, são inevitáveis. Seus risos aumentam, e sei disso pois os cantos de suas bocas se abrem de orelha a orelha até rasgarem os rostos e desbotarem-se entre a névoa, dissipando-os da minha memória cruel.

A intérprete contratada para orientar a banca em meu trabalho final na universidade para pessoas "inteiras" me encara do outro lado da caverna com aquele olhar de compaixão que odeio. O brilho envidraçado em sua íris é nítido, seu orgulho em poder ajudar um incapaz a formar-se numa faculdade lhe exalta numa posição definitiva do meu sucesso apenas por poder compreender o que digo e repassar.

Os inocentes cuspindo seus sons harmoniosos nada grosseiros antes de detectarem o surdo e calar suas bocas reaparecem também. A escola de ensino especial que exclui ao invés de incluir marca presença, os colegas com suas diferentes lacunas abanam para mim. A reação de superproteção daqueles que amo surge e desaparece junto à sensação da impossibilidade de ser alguém simples e da dificuldade de provar que se é capaz quando algo é feito com amor, afinal, não é um coração que me falta; às vezes, penso que eles acham que é.

Tudo gira em minha cabeça, trazendo as faces expressivas de toda a humanidade com que convivi. As infinitas pessoas — tão seguras de suas normalidades, capazes de ser qualquer coisa porque acham que são perfeitas — passeiam em meu entorno vaporizadas: umas riem, outras desviam o olhar, algumas mal conseguem disfarçar a repulsa que a falta de empatia lhes causa.

Elas esquecem. Sempre se esquecem das próprias faltas que têm. E eu sorrio, sarcástico, pois sei qual a verdade que os assusta, a realidade que ignoram.

De repente, o mundo, além de surdo, me faz cego. Uma grande tela negra preenche minhas pálpebras em meio ao murchar do sorriso; a cada segundo subsequente meu corpo torna-se mais leve, as forças se esvaem como se um furo deixasse-as escorrer de mim.

Os vagalumes azulados ficam distantes, inalcançáveis, assim como o ar.

Acordei nos braços de um ser com toque macio. Esfreguei os olhos, mas uma fina camada de pele cobria minha retina e, mesmo com eles abertos, era impedido de ter a visão do todo. Via o seu formato humanoide desfocado, sem nitidez alguma. Percebia algo como cabelos que brilhavam com a luz azulada dos vagalumes aquáticos e pareciam adornos.

Seu rosto era um emaranhado de escuridão, sem traços que a quase cegueira momentânea conseguisse identificar. As mãos, lisas demais, acariciavam meu rosto repousado em seu colo escamoso. Seu toque escorria como água sobre meu corpo e em suas mãos uma fina camada de pele unia os dedos, tal como a membrana natatória de um animal marinho.

Saltei o mais distante que pude num espasmo de pavor e euforia.

Esfreguei com mais força os olhos já irritados, mas não conseguia enxergar plenamente. A névoa ajudava a deformar o ser misterioso. Sentado em meio às rochas, parecia descansar. Eu o identificava apenas pelas luzes desfocadas em meu olhar; os organismos aquáticos microscópicos que pontilhavam seus longos cabelos misturavam-se à água após contornarem seu corpo miúdo, cobrindo-o quase por completo.

A adrenalina do medo invadiu minhas veias e o ar denso dificultava a respiração; meus pulmões ardiam na tentativa de absorver todo o ar enclausurado naquela caverna infernal. Desviei o olhar ao dar as costas e caminhar em círculos; esfreguei o rosto na tentativa frustrada de eliminar aquela maldita pele que se formara sobre meus olhos. Sangue escorria junto às lágrimas, mas nada mudava. Cheguei o cilindro de ar jogado num canto e inspirei o gás pelo regulador, economizando-o.

De aparência frágil, o ser hipnotizante provavelmente me encarava.

Suor escorria pela minha testa; o calor insuportável do lugar aumentava, mas a sensação era gelada. Não podia ouvir, não conseguia gritar e a visão continuava parcial. Senti o gosto azedo de vômito que se formava em minha boca.

Meu esôfago ardia, a língua salivava e o gosto pútrido que vinha de dentro enojava-me. Arqueado sobre o chão, busquei a presença daquele ser místico outra vez.

Ele continuava lá, imóvel.

Encarei-o de volta com fúria abaixo da pele esbranquiçada que cobria meu olhar, inspirei pelo regulador a porção de ar que precisava e arrastei meu corpo ralado pelas pedras afiadas na direção daquele ser indefinido, mas, quando consegui tocá-lo, seu corpo frágil deslizou pelas minhas mãos, desaparecendo na água.

Pingos efervescentes queimaram minha pele quando deu um salto gracioso e sumiu entre a correnteza lenta. Rugi com a dor e a frequência do som pelas paredes retornou o eco grotesco, causando-me a sensação horrorosa das expressões de todos aqueles que já tinham me encarado com suas faces repletas de compaixão ou nojo.

Eu os entendia agora.

Abandonei meu equipamento de mergulho ao adentrar a massa de neblina que acompanhava o interior da caverna, e junto dele, minha consciência. Segui os rastros da criatura escutando o movimento do rio pelas palmas das mãos, meu instinto animal deslizando com fúria em minhas entranhas.

Entre o branco-pálido do ar vaporizado e o verde da água e os cantos escuros da caverna, a sombra humanoide emergiu. Seus longos cabelos iluminados escorriam sobre o corpo feminino vindo em minha direção. Agora que eu já conseguia enxergar melhor, percebi que suas costelas abriam e fechavam como guelras. Deslizei pela parede tentando me afastar daquela audácia sedutora. Entre os declínios da minha mente, o frenesi de caçador evaporou e a covardia me fez caça.

Gritei, mas o som não se formou em minha garganta escancarada; sequer um ruído consegui emitir. Um grande vácuo preencheu o sufoco do mais silencioso dos silêncios que vivi.

Já não podia mais tentar rasgar o véu do mundo com minhas melodias caóticas, pois submerso fui, puxado de volta para onde vim. Viajei sentindo a corrente quente do rio se tornar gelada e colidir contra meu corpo. Retornei ao cemitério subterrâneo, onde a mais branda cachoeira desaguava em águas calmas.

Que ironia!

O corpo escamoso me largou no breu aquático da gruta utópica agarrei-a firme, mas escamas entre meus dedos foram tudo o que consegui guardar como lembrança. Apenas os sutis restos de uma severa evidência.

Meu pulmão ainda ardia, ansiando por mais ar do que o normal, à medida que meu corpo boiava sob a miragem de um céu azul subterrâneo lotado de estrelas. Mesmo sem enxergar plenamente, com perspicácia minha memória me trazia amparo, igual a Beethoven com a sua música. Relembrei as imagens dos crânios cravados nas pedras; do mausoléu de uma tribo desfeita pelo tempo.

Visualizei as almas das crianças, dos jovens que nunca puderam encontrar uma saída e agonizaram até a morte num calabouço natural injusto. Corpos que recusaram aceitar uma profecia em que o resultado era ter suas vidas interrompidas com a fantasia de um gesto de amor encaravam-me pedindo socorro.

Fantasmas humanos que nunca aceitaram partir e permaneceram.

Uma estranha afinidade me preenchia; eu não deixava de ser mais um que fora jogado ali à própria sorte. Reuni as últimas forças que restaram em meus braços e nadei a favor da correnteza para o interior da minha maior descoberta. Com os pulsos apertados, continuei segurando firme as escamas do ser misterioso que conheci, uma lacuna que também deixei. Não pretendia nunca mais voltar à terra firme, pois foi na água onde enfim consegui escutar-me. Onde minha pele pôde perceber o ambiente sem a necessidade de meus ruídos grotescos: no silêncio.

Eu entendia a água. E, com certeza, era recíproco.

Poderia me orgulhar agora: havia conquistado tudo

aquilo pelo qual lutara a vida inteira. Havia conseguido encontrar um lugar único e incrível. Um sentimento sincero preencheu-me durante a última luta travada entre meu corpo e a natureza, armada no ringue do corredor de conexão que ligava as duas cavernas. No entanto, meu corpo perdeu a guerra.

A criatura chamava por mim. Podia sentir seu corpo suave cortando a água em silêncio.

Distante...

Eufórica à minha espera.

A água penetrava em meu sorriso aberto, orgulhoso; meu pulmão já havia desistido de buscar oxigênio e passado a iluminar-se ao engolir estrelinhas. O céu subterrâneo seria meu novo lar.

Por fim, me tornei mais um vagalume ali.

ARQUEÓLOGO É ENCONTRADO EM CAVERNA SUBMERSA NA AMAZÔNIA

Seis meses após o início das buscas pelo arqueólogo que se perdeu de seu grupo de expedição na Amazônia, a polícia militar ambiental encontrou uma aldeia indígena abandonada, cerca de 7km do acampamento do grupo que buscava estudar artefatos históricos encontrados no interior do rio Amazonas. Um dia depois, descobriu o corpo do arqueólogo nas entranhas de uma caverna, em um antigo cemitério indígena. Ele foi achado com um sorriso congelado no rosto. Naquele local, também havia um rio subterrâneo de grande extensão que flui abaixo do rio Amazonas e que está sendo averiguado pelos geógrafos locais. Ao que tudo indica, a vítima pode ter sofrido de intoxicação por inalação de mercúrio emitido pelas águas profundas desse rio. A inalação dos sais de mercúrio diluídos se deu por meio do vapor emitido da água que chega a 60º Celsius, e suas reações mais comuns são náuseas, vômitos recorrentes e perda da consciência, gerando um estado de total de loucura.

Além de arranhões pela pele, causados pelas rochas da

caverna, a autópsia também detectou uma segunda pálpebra em seus olhos, que foram encontrados abertos, e ainda estão estudando como isso pôde ocorrer. Outros mistérios rondam o corpo, como cortes nas costelas e escamas transparentes encontradas em seu punho fechado. A polícia isolou o local e só abrirá para exploração depois que o caso for finalizado e o governo liberar as verbas necessárias para a investigação.

O corpo será sepultado no salão universitário, onde também acontecerá evento de menção honrosa ao historiador; mais de três mil estudantes confirmaram presença, totalizando cerca de cinco mil pessoas em seu funeral. A mesma intérprete de LIBRAS que já trabalhou com o arqueólogo em sua graduação irá realizar a cerimônia à sua memória.

Mississippi Delta Blues

TARCISIO LUCAS HERNANDES PEREIRA

Vicksburg, Mississippi, 1934

Já passava do meio-dia quando finalmente avistei, ao longe, as primeiras casas da antiga cidade de Vicksburg, Mississippi, ao longo da velha estrada de ferro da outrora famosa e agora esquecida Vicksburg Southern Railroad.

Estou exausto, meus pés doem, e meus sapatos — se ainda é possível chamá-los assim — estão molhados, sujos e em vias de se desintegrarem por completo. Um vento fraco soprou a manhã toda vindo do Leste, e reconheço neste vento aquele cheiro úmido e acre dos pântanos que tem me perseguido em sonhos desde que tudo aconteceu, e que é exatamente o que eu esperava sentir neste momento, sendo o sinal que precisava para saber que estou indo pelo caminho correto. Decidi fazer esta pequena pausa junto aos arbustos secos que nascem ao lado da ferrovia antes de prosseguir, a fim de anotar o que aconteceu até aqui, ou pelo menos as partes realmente importantes. Os pântanos estão próximos, e a jornada se encaminha para seu fim.

Certamente esta urgência por escrever e registrar remete aos meus velhos tempos de candidato a repórter, uma época bem anterior, quando ainda era ignorante dos mecanismos ocultos e sinistros que se escondem por trás da chamada civilização, e antes de meu interesse pelo blues se tornar uma obsessão desenfreada e abandonar tudo para descobrir a terrível verdade.

Como disse no início deste texto, tenho a incômoda e ao mesmo tempo reconfortante sensação de que tudo está se encaminhando para um fim, assim como esta maldita estrada de ferro, e logo — se o que descobri até agora mostrar-se verdade, e não loucura, como ouvi tantas vezes ao longo de minha viagem — encontrarei aquele lugar maldito e belo. Mas evito pensar no inevitável. Farei, então, um breve relato dos passos que me trouxeram até aqui e deixarei registrado como o blues me mostrou a maravilhosa e horrível realidade. Muito provavelmente, ao fim desta noite, este relato será a única coisa que restará de minha pessoa.

Até 1929, eu, Elmore Sullivan III (um nome pomposo, reconheço, para um filho de uma lavadeira e um vendedor ambulante de bíblias, que era mais cristão na casa das outras pessoas do que com minha pobre mãe, que descanse em paz), não passava de um rapaz sonhador em uma grande cidade, que ansiava por se tornar um repórter de algum grande jornal como o *New York Journal* ou mesmo o controverso *New York Tribune*. Logicamente, a realidade sempre se mostra mais dura do que os sonhos de um pobre rapaz negro em meio a uma sociedade conturbada e preconceituosa e, após a quebra da bolsa de New York destruir fortunas em segundos, levando a cidade e todo o país a um estado de caos e desespero, o máximo que consegui foi um trabalho de faxineiro e limpador de banheiros no Collins Hotel Juke Joint, uma espelunca de beira de estrada na saída oeste de New York, frequentada por todo tipo de pessoa, desde o ex-magnata respeitado que vinha gastar seu dinheiro (ou o que lhe sobrara) com mulheres que com certeza não eram sua esposa até os músicos itinerantes oriundos dos estados do sul, do Mississippi, da Louisiana, do Arkansas e afins, famintos e tentando a sorte com suas gaitas e violões. Muitos dos músicos diziam que vinham caminhando durante todo o trajeto, e eu confesso que passava horas e horas a imaginar o que aqueles homens de faces endurecidas e olhares misteriosos haviam visto e conhecido ao atravessarem a pé enormes distâncias, cruzando o nosso país. Pensava em todas as histórias que tinham para contar e me entristecia por saber que, em vez de registrar matérias sobre tais contos e crônicas, deveria me contentar em levar um copo de whisky para eles de tempos em tempos, entre uma música e outra, durante toda a noite.

Mas foi por certo nas noites do Juke Joint, graças a esses andarilhos no bar esfumaçado e escuro, que conheci o blues, e minha obsessão começou.

Entre um banheiro lavado e outro, sempre arrumava uma desculpa para conversar com os homens que lá se apresentavam. Com Blind Lemon Jefferson aprendi que para viajar você precisa muito mais de seus pés do que de seus olhos; com Blind Blake percebi, maravilhado, que o blues era um estilo de vida, muito mais que um simples estilo musical obscuro e desprezado pela alta sociedade. Mas foi com Mississippi John Hurt que ouvi falar pela primeira vez sobre o "homem que havia feito um pacto com o diabo", o músico Robert Johnson, considerado por quase todos (incluindo Mississippi John Hurt) como o maior *bluesman* de todos os tempos.

Confesso que a imagem de um homem de chapéu e cartola parado à meia-noite em uma encruzilhada à espera do Diabo em pessoa para aprender a tocar o melhor blues que se possa conceber mexia muito com minha imaginação. Desde que meu pai fora preso após dar uma surra brutal em minha mãe, levando-a à morte sete dias depois (por conta de uma camisa que, segundo ele, não havia sido passada muito bem, o que iria atrapalhar suas vendas de edições da Bíblia aquele dia), eu havia deixado de lado qualquer crença em um Deus justo que vigiava por aqueles que diziam o Seu Nome. Não duvidava da sua existência, mas apenas cheguei à conclusão de que Ele, onde quer que estivesse, não dava a mínima para o que acontecia entre as vielas escuras das cidades e casas de lavadeiras. E, como consequência, concluí que, se Deus não estava de fato cuidando dos negócios mundanos, alguém mais talvez estivesse.

Outros também contavam histórias de mr. Robert Johnson. Big Bill Broonzy me disse que escutara Robert cantando em algum lugar perdido do Tenesse, e que aquilo havia mudado tudo em sua vida. Mississippi John Hurt, certa vez, muito mais embriagado que o de costume, contou-me, de forma sussurrada e como se temesse que mais alguém ouvisse, uma estranha história de visões e sonhos terríveis que se tem após ouvir as canções do mestre do blues.

De tempos em tempos, Mississippi retornava à nossa humilde espelunca, e toda vez contava uma história diferente sobre Robert, de todas as vezes que o havia encontrado, conversado e até mesmo tocado com ele. Percebi que ele também, assim como eu, estava completamente obcecado pela imagem do homem que havia encontrado o próprio Diabo, e desconfiava que seus sumiços, que duravam meses, às vezes anos, se deviam ao fato de que ele estava seguindo os passos de Robert, ou ao menos tentando fazer isso. A cada novo retorno, Mississippi parecia mais distante e — hoje entendo melhor as coisas — amedrontado. Na última vez que o vi, dois anos atrás, ele estava em tal estado de nervos que nem o dobro da sua dose normal de whisky conseguiu fazê-lo tocar decentemente sua gaita e seu violão. Em certo momento, quando apenas bêbados imprestáveis permaneciam no bar, ele chamou meu nome e com um gesto pediu que me aproximasse.

— Chegue aqui, rapaz maldito! — falou, sorrindo, mas sem esconder uma ansiedade crescente, entregue pelas grandes gotas de suor que escorriam de sua testa. Era quase inverno e, de fato, não fazia calor, mesmo com o ar estagnado dentro de nosso ambiente. — Preciso te contar algo, Elmore... e se não contar hoje a você, não contarei nunca mais.

Aquele chamado atiçou minha curiosidade. Mesmo bêbado, Mississippi era um contador de histórias muito convincente, e eu estava acostumado a passar horas e horas escutando ele me contar das vezes em que se encontrara com mulheres recém-casadas em meio à noite, tocara para o próprio El Capone em Chicago, e fugira correndo de uma multidão de membros enfurecidos da Ku Klux Klan certa vez, deixando para trás sua gaita e seu violão, e de como ele havia voltado lá e dado uma surra em todos a fim de recuperar seus queridos instrumentos perdidos (embora eu desconfiasse de que talvez essa última história não fosse verdade, apesar de Mississippi ser tão forte como um lutador de boxe). Mississippi olhava para os lados, como se a qualquer momento alguém fosse sair de algum esconderijo e arrastá-lo para as mãos criminosas da Ku Klux Klan outra vez. Sua fala era cortada, rápida, sem sentido.

— Eu conheci um lugar, Elmore... Ele me contou... Lá tudo faz sentido, Elmore... E eu preciso voltar para lá... E nunca mais vou voltar...

— Eu não estou entendendo nada, sr. Hurt... Acho que talvez seja hora de parar com a bebida.

— Não fale comigo como se uma ou duas garrafas de whisky conseguissem me derrubar, fedelho! — gritou ele, irritado, e foi bom ver o velho Mississippi de volta, mesmo que apenas por alguns segundos. No entanto, logo seu olhar se tornou vago, seus lábios voltaram a tremer e ele voltou a falar de forma sussurrada, a poucos centímetros do meu rosto: — Agora, bebida nenhuma do mundo pode me fazer esquecer... aquele lugar. Foi ele que me mostrou. Sim, ele sabia que eu iria fazer de tudo para chegar lá... ele sabia... Aquilo ficou na minha mente, crescendo... À noite, eu sonhava com aquele lugar. Havia música, aquela música... Havia o som do trem, e havia... Ô, meu Deus! Era lindo! Terrível... e lindo!

E, inesperadamente, ele cobriu o rosto com as duas mãos, deixando o violão, já surrado, cair ao chão em um baque surdo e prolongado, e um acorde dissonante de cordas soltas e desafinadas preencheu todo o ambiente. O *bluesman* ficou assim por vários minutos, sem dizer uma única palavra, sem emitir um único som. Eu não sabia se ele estava chorando (como assim? Esse pessoal do blues não chora! No máximo eles cospem no chão e pedem outro whisky!) ou se estava dormindo. Por fim, ele retirou as mãos de sua face, que agora exibia outra expressão. Um sorriso misterioso, acompanhado de um olhar sonhador.

— Você gostaria de conhecer o Blues, Elmore? — perguntou, com uma sinceridade na voz que me deixou confuso, sem entender o que ele realmente queria dizer.

— Mas eu conheço o blues, sr. Hurt. Tenho escutado o blues aqui nos últimos quatro anos da minha vida.

— Não, menino, não conhece — continuou o homem, com uma voz surpreendentemente tranquila e clara. — O que nós temos feito é só... um eco. Um eco mal reproduzido. Você precisa ouvir o Blues de verdade, Elmore. E só tem um lugar onde ele toca, o dia todo. Você já esteve na minha terra natal, o Mississippi? Conhece Vicksburg, Elmore?

— Nunca saí de New York, sr. Hurt... O Mississippi é longe demais para mim. Eu não faço ideia de como se toca violão nem gaita, e muito menos sei cantar. Morreria de fome antes de chegar na metade do caminho — eu disse, em um tom de brincadeira. Mas Mississippi John Hurt continuou me olhando de forma estranha e, certamente, de uma forma assustadora demais para achar qualquer graça.

— Ah, mas você vai. Eu vi você lá também. Você estava lá, naquele lugar maldito. Você não tem escolha. Mas não se preocupe, ele está vindo aqui. Ele vai falar com você. E você vai sentir o Blues. O Verdadeiro Blues.

E, dizendo essas palavras, ele se levantou, arrumou seu paletó surrado e amassado, e saiu pela porta da frente, rumo à escuridão da noite fria que fazia lá fora. Levei alguns minutos para me recompor e tentar entender o que havia acontecido. De certo que esses músicos tinham uma grande tendência a serem excêntricos e peculiares, mas esse episódio ultrapassava qualquer coisa que eu já havia presenciado.

Foi aí que me dei conta que Mississippi John Hurt havia deixado no bar seu violão, sua gaita e até mesmo as poucas moedas que havia ganhado aquele dia. Juntei tudo em minhas mãos de forma apressada e saí pela porta, a fim de encontrá-lo e entregar a ele seus pertences.

Saí bar afora e tudo em minha volta era escuridão, escuridão e frio. Passava das três da manhã, com certeza, e não havia ninguém que pudesse ser visto. Esperei alguns minutos, para que meus olhos se acostumassem ao escuro. Esperava ver Mississippi John Hurt, mas não havia figura nenhuma, subindo ou descendo pela rota solitária. Forcei bastante a visão, tentando enxergar o mais longe possível. Uma tempestade vinha do leste, e de tempos em tempos um raio ao longe, acompanhado por um trovão prolongado e o cheiro gelado da chuva, iluminava o horizonte e, de fato, ninguém caminhava por ali.

Os primeiros pingos de chuva começaram a cair e com medo, principalmente, de molhar e estragar o violão de sr. Hurt, dirigi-me para o Juke Joint, encostando a porta para evitar o frio e as gotas de chuva que começavam a cair. Só Deus sabia o quanto Mississippi gostava daquele violão, e por saber disso comecei a sentir um arrepio na espinha e um medo que até então desconhecia. Diabos, ele havia enfrentado a própria K.K.K. por causa daquele violão. Eu não conseguia pensar em nada que fizesse ele sair e deixar seu precioso instrumento musical para trás.

Agora, além de mim, apenas três bêbados se encontravam dentro do bar, sendo que um deles era o próprio sr. Wilston, dono do estabelecimento e por consequência meu patrão. Sr. Wilston era um bom homem, mas desandou com a bebida desde que sua namorada, Susie, havia fugido com um vendedor de bíblias (o que me fez pensar sobre o que havia de errado com essa profissão). Mas todos estavam debruçados sobre as mesas, incapazes de controlar os próprios corpos e dormindo um sono que terminaria em uma gigantesca ressaca na manhã que se aproximava. Fiquei parado no meio do estabelecimento, entre as mesas e o palco (era uma verdadeira heresia chamar aquele canto sujo de palco, mas era assim que sr. Wilston se referia a ele), sem saber o que fazer ou para onde ir. Por fim, caminhei até o local onde Mississippi tocara e deixei aos pés do banquinho o violão e a sua gaita. As moedas, essas foram direto para os meus bolsos; afinal, fiz o que pude e considerei um pagamento por ter ao menos tentado achar o dono de tudo aquilo.

Pensava no que Mississippi havia falado para mim na conversa misteriosa que tivéramos mais cedo, e mesmo naquele momento não conseguia achar sentido. Mas, de alguma forma, eu sabia — eu realmente sabia — que não haviam sido apenas delírios de um músico embriagado. Não. Havia mais coisas por trás desse estranho evento, mas que me escapavam em sua totalidade. E me incomodava muito o frio na espinha que insistia em não ir embora, mesmo longe da estrada e no conforto do bar.

E foi assim, distraído com os meus pensamentos, que aconteceu o que eu não esperava. O momento que mudou minha vida para sempre e me colocou na situação em que estou agora, em uma estrada de ferro antiga e pedregosa em algum lugar esquecido do Mississippi, em busca de um pântano imundo e malcheiroso.

Hoje, meses após esse dia fatídico, ainda não me decidi se, caso soubesse o que estava prestes a acontecer, iria sair correndo pela porta dos fundos como um ensandecido, ou se iria me aproximar ainda mais da porta para que tudo acontecesse ainda mais rápido. Refletindo agora, penso que algumas coisas devem mesmo acontecer, independentemente de nossa vontade, e esse talvez tenha sido um desses momentos em que o universo determina as regras e pouco se importa com nossos medos, vontades e desejos.

Somando-se à chuva que caía, uma ventania forte e repentina escancarou com um estrondo as portas de entrada de nosso Juke Joint. Assustei-me, e um sentimento irracional começou a crescer no meu peito. Havia visto a tempestade que se desenhava no horizonte, porém minha mente racional preferiu concluir que a chuva talvez não fosse tão ruim. Mas eu sabia, no fundo do meu inconsciente, que não se tratava de um simples fenômeno da natureza. A ventania trazia um cheiro diferente, o mesmo que às vezes sentia nas roupas gastas de Mississippi John Hurt. Um cheiro de lugares úmidos, de mato molhado e árvores antigas... um cheiro de pântano, pensei, mesmo nunca tendo sequer passado perto de um a minha vida toda.

A ventania foi crescendo em intensidade, a ponto de derrubar copos e cadeiras no interior do estabelecimento. Curiosamente, os três bêbados não esboçaram qualquer sinal de que acordariam. Vencendo o medo e uma certa letargia que se abatia sobre meu corpo e sobre minhas pernas, comecei a caminhar rumo à porta, a fim de fechá-la.

Parei de súbito quando um raio revelou a silhueta de um homem parado junto à porta. Estava escuro, e não consegui ver nada além do contorno da figura, do seu chapéu e do charuto — apagado — que o homem portava.

— Mississippi? É você? Que bom que voltou, eu estava...

Não pude continuar. Senti que não podia continuar. Aquele homem parado junto à entrada não era, definitivamente, Mississippi John Hurt. Era mais magro, mais baixo e, no entanto — mesmo sem revelar nada além do que o contorno de seu corpo —, dono de uma imponência que eu nunca havia visto em ninguém, nem mesmo nos grandes magnatas, com suas bengalas e narizes empinados, que cruzavam Wall Street antes da Grande Quebra, como se qualquer um além deles não passasse de lixo ou, na melhor das hipóteses, servos e súditos.

Não, era um outro tipo de presença e imponência que eu via ali. Uma imponência mais absoluta e indefinível. Não me atrevia a chegar mais perto, ao mesmo tempo que não encontrava forças para me afastar. Olhei em volta, e todos continuavam adormecidos em seus sonhos enevoados pela bebida.

Após o que pareceu uma eternidade (lembrando hoje, com certeza durou bem mais que um par de minutos), a figura se moveu, entrando devagar no salão. Mesmo com passos seguros e rápidos, apenas quando o homem ficou a poucos centímetros de mim consegui identificar suas feições. E assim que meus olhos se encontraram com os dele, ele falou, com um sorriso enorme entre os lábios:

— Olá, Elmore. Muito bom ver você aqui hoje.

Meu coração pareceu explodir, e por pouco não perdi o equilíbrio, mesmo estando completamente inerte em minha posição. Sem questionamentos ou espaços para dúvida, eu sabia quem era aquele sujeito.

— Mr. Robert Johnson! — consegui exclamar, quase aos gritos, o que deve ter-lhe soado engraçado, visto a enorme gargalhada que emitiu.

— Bom saber que minha fama me precede — disse ele, passando ao meu lado em direção ao palco, onde pegou com naturalidade o violão de Mississippi John Hurt, sentando-se no banquinho como se estivesse ficado lá a noite toda e tivesse se ausentado apenas por poucos minutos para tomar um ar. — Elmore, você precisa me dizer, e você deve ser muito honesto: qual a última música que sr. Mississippi tocou aqui esta noite? — perguntou mr. Johnson, com uma expressão séria e dura que não parecia pertencer ao mesmo homem que segundos atrás estava gargalhando.

Eu sabia que o quer que estivesse acontecendo naquele momento era algo de extrema importância.

— Mr. Johnson, o sr. Mississippi tocou "You Got to Walk That Lonesome Valley"[2] — falei, de forma atropelada.

— Sim. Por sinal, uma das músicas que ele aprendeu comigo, naquele lugar... — e, como se esquecesse por completo do que falaria, ele transferiu sua atenção para o violão, tornando-se distante e dedilhando de uma forma que eu nunca havia visto ser feita por nenhum outro *bluesman* em toda minha vida.

---

[2] Tradução livre do autor: "Você tem que andar por aquele vale solitário".

Pelos céus, aquilo era o blues! E por fim entendi tudo que me contavam sobre mr. Robert Johnson.

Após uma sequência de acordes que terminou em um acorde dominante com sétima maior (sim, entre um whisky e outro, alguns dos músicos que ali se apresentavam me falavam um pouco de música, e eu conhecia um ou outro termo comum entre eles), ele fechou os olhos e começou a tocar "Me and The Devil Blues", que eu já havia ouvido na voz de outros cantores, mas nunca daquela forma.

A música mal havia começado e, à medida que os acordes se seguiam, meus sentidos foram se enfraquecendo — assim deduzi —, pois tudo à minha volta se tornou ainda mais frio e escuro. Por trás dos sons do violão e da voz cheia de falsetes de mr. Johnson, eu jurava escutar... alguma coisa. Uma coisa difícil de definir.

E essa escuridão ao meu redor permaneceu até que a música se encerrou, e foi como se alguém acendesse as lamparinas mais uma vez.

— Você entendeu o que eu quis dizer aqui, Elmore? — perguntou com calma o homem à minha frente, colocando com cuidado o violão no chão, como se desse o show por encerrado.

Eu tremia como se cada nervo e músculo houvesse levado um choque. Mas não foi isso que mais me assustou. O que mais me assustou foi o fato de que eu queria mais. Aquela sensação. Eu queria mais.

— Mr. Johnson... eu não sei o que dizer... sou apenas um faxineiro que serve whisky aos músicos que se apresentam aqui — falei, então reconhecendo no som emitido a minha própria voz.

— Não, Elmore! Você é muito mais que isso. E você sabe. Sempre soube. Você acha que conheceu o blues aqui. Mas você já conhece o blues. Eles está dentro de você. Agora chegou a hora de dar um passo adiante. Chegou a hora de conhecer a origem disso tudo.

As palavras de Robert Johnson, ainda que continuassem não fazendo sentido para mim, pareciam falar de coisas maravilhosas e segredos escondidos. Eu, por certo, não fazia ideia do que ele queria dizer. Mas eu poderia ter ficado escutando aquilo para sempre.

— Vou tocar agora um blues que apenas pessoas como você mereceram ouvir. E depois vou embora. E aí, meu amigo Elmore, você saberá o que tem que fazer. Assim como o Mississippi, e muitos outros antes dele, souberam o que fazer.

Ele pegou o violão mais uma vez e o que houve depois... eu não conseguiria descrever com precisão.

O máximo que seria capaz de dizer é que foi terrível. Maravilhoso. Por mais que eu tente explicar com exatidão, o que eu disser será somente um pálido relato da verdadeira visão. Enquanto a música tocava, minha mente pareceu vagar por imensidões azuis, por terras distantes imersas em uma escuridão reconfortante. Vi homens e mulheres em paisagens impossíveis. Cidades que nunca existiriam, ou que nunca deveriam existir. Vi cores jamais vistas e acordes impossíveis de serem escutados por ouvidos humanos. Era como se fosse uma viagem, mas ao mesmo tempo eu também estava ali, no Juke Joint, em frente a Robert, que tocava sua canção. Mas também estava em outro lugar. Por fim, eu vi os pântanos, descendo o vale enevoado, e sabia que ali era o fim. Atrás, tudo era Vazio. Não era escuridão. Era um Vazio profundo. E a Verdade estava lá. Atrás de uma cabana em meio a um pântano. Havia uma voz também, falando em algum idioma que eu nunca escutara antes. E, de repente, tudo era escuridão e silêncio.

Escuridão e silêncio.

Quando voltei a mim, estava parado na mesma posição, contemplando um palco vazio. O violão se encontrava aos pés do banquinho. Robert Johnson havia partido. Só depois de alguns instantes percebi que estava sendo sacudido com violência por sr. Wilston.

— Elmore, seu maldito, não está vendo que a tempestade está molhando todo nosso bar? E por que diabos você deixou aquela maldita porta aberta?

Olhei em volta e vi que a chuva despencava forte, e que havia alagado todo o salão de entrada.

— Diabos, é pra isso que eu te pago? — gritava o meu patrão, com uma voz forte e clara, até demais para quem passara a noite toda bebendo e dormindo.

Levei muitos minutos para recobrar com plenitude meus sentidos, minutos que não foram de muita serventia com a correria que sr. Wilston fazia ao redor do local.

Ao final, horas depois, quando o dia começava a clarear, um sr. Wilston já não tão bêbado se aproximou de mim, jogou alguns dólares no chão, cuspiu e disse:

— Você está demitido, Elmore. Sinto muito.

E assim eu parti, levando comigo o violão e a gaita que haviam sido deixados por Mississippi John Hurt.

Depois disso minha vida ficou confusa. Nos primeiros dias, forcei minha mente a aceitar que tudo não havia passado de um sonho louco e muito lúcido.

Mas foi aí que os sonhos (ou seriam pesadelos?) começaram. Nesses sonhos revivia todas aquelas paisagens fantásticas. E cada vez mais, a cada noite, sonhava com detalhes daquela cabana em meio ao pântano, descendo o vale. A voz também estava lá, rouca e gutural, falando coisas em idiomas perdidos. Comecei a ouvir a música que vinha de dentro, as luzes, as silhuetas de pessoas. Era a música que mr. Robert havia tocado naquela noite, eu sabia disso. E a cada noite, a cada novo pesadelo, eu me via mais intrigado por aquela canção. Após algumas semanas, eu percebi que passava todos os dias apenas esperando o momento de deitar-me e sonhar com aquele Vazio terrível, aquela canção, aquela cabana.

Tornou-se um vício similar ao que via nos homens que consumiam substâncias proibidas. Eu precisava daquilo.

Logo, peguei-me roubando drogarias a fim de conseguir remédios que me fizessem dormir por mais tempo, apenas para sonhar aqueles sonhos cada vez mais vívidos.

Finalmente, até coisas como comer e banhar-me tornaram-se menos importantes do que dormir e vivenciar aquelas paisagens oníricas.

Tentava, nos momentos em que me via acordado, reproduzir os sons que escutava com o violão que pertencera a Mississippi e que agora é meu por direito. Embora não conseguisse jamais alcançar aquelas melodias, muito rapidamente me vi capaz de tocar muitas — todas, na verdade — das músicas que escutava nos meus tempos de Juke Joint. E eu sabia, pelos relatos de vários músicos com os quais conversara nos últimos anos, que era muito antinatural alguém aprender a tocar o violão e o blues de forma tão rápida e precisa como eu estava fazendo. E eu não me importava, na verdade.

Aquilo ainda não era o suficiente. Eu precisava daquela canção, a canção que era especial. As outras eram apenas um eco (e agora me lembro das palavras de Mississippi, pois as coisas começam a fazer sentido para mim) dessa *outra* canção, o Verdadeiro Blues. Eu precisava encontrá-la.

E a última canção de Mississippi John Hurt naquela noite havia me dado a resposta. Eu precisava passar por aquele vale solitário.

De alguma forma, eu sabia que em algum lugar de Vicksburg, Mississippi, eu encontraria o vale, a cabana, e aquela canção. E decidi-me, resoluto de que a encontraria.

Uma certa manhã, eu peguei o violão e saí para nunca mais voltar.

Minha jornada ao sul, ao distante estado do Mississippi, começava.

Após uma longa e solitária caminhada de muitas semanas, durante a qual perambulei sem rumo por cidades que pareciam perdidas e de nomes engraçados do estado do Tennessee, do Arkansas e da Louisiana, fugindo de policiais mal-intencionados, maridos enfurecidos e jogadores de baralho trapaceiros, seguindo pistas que fui coletando aqui e ali, de malucos, mendigos, músicos itinerantes e outras pessoas mais... misteriosas, consegui por fim traçar um caminho e agora, seguindo a Vicksburg Southern Railroad, me encontro próximo do meu destino.

Em minhas andanças encontrei muitas coisas estranhas, e que é bom que permaneçam escondidas nos cantos obscuros de nossa nação. Agora seguirei para os pântanos e, se possível, continuarei meu relato depois.

Sim. Eu estava certo. Logo após a última curva da estrada de ferro, ainda no território da cidade de Vicksburg, encontrei uma trilha que seguia vale abaixo. A tarde já se findava, um frio descomunal vinha soprado com o vento, e tudo parecia mais escuro que o normal. Mas eu devia seguir.

Sim, eu posso escutar! Sons distantes. Eu quase posso identificar a melodia fugidia que me fez atravessar metade do país! E mais que isso.

Eu consigo sentir o Vazio por trás de tudo. E a Verdade por trás do Vazio.

Escrevo agora de forma trêmula, sabendo que será o meu último registro. Nem sei ao certo por que continuo escrevendo (ou talvez eu saiba: não escreverei mais nada depois).

A trilha já se acabou há muito tempo e segui entre a mata fechada, os charcos fétidos e as árvores ancestrais guiado pelo som.

E agora, ali embaixo, está a cabana. Onde todas as coisas terminam e o Verdadeiro Blues começa.

Nota: Este diário foi encontrado por um funcionário de inspeção da Vicksburg Southern Railroad e se encontra arquivado nos depósitos da companhia. Nenhum sinal ou indício de seu proprietário foi encontrado. Uma excursão posterior vale adentro realizada pela polícia local não descobriu nada, exceto uma corda de violão caída aos pés de uma árvore, no exato local onde a trilha se encerrava.

Devorador de Mundos

DUDA FALCÃO

Os últimos acordes eram complexos, porém Róbson começava a superar o professor. Já tinha aprendido tudo o que podia naquela escola de música. No final do ano faria a prova de seleção para o ingresso na faculdade. Sua especialidade eram os instrumentos de cordas. Tinha muita habilidade tocando violão, mas também sabia tocar violino e piano. Apertou a mão do professor, agradecendo pela aula, e saiu da sala. No saguão, foi conversar com a secretária. Ainda precisava pagar uma mensalidade. Tinha atrasado o mês anterior. Essa má fase financeira contribuía muito para que deixasse os estudos formais e se dedicasse às partituras como autodidata até o dia do exame na federal.

Seus pais moravam no interior; fazia pouco tempo que ele tinha vindo para a capital e precisava economizar o dinheiro que conseguia quando tocava esporadicamente em algum barzinho da Cidade Baixa. Recém havia completado dezoito anos — se tivesse menos, seria um problema até mesmo para conseguir esse tipo de bico.

— Meus últimos tostões — disse Róbson antes de rapar a carteira.

— Não tá fácil pra ninguém — disse a secretária. — Se os alunos continuarem desistindo do curso, acho que vou pro olho da rua.

A mulher riu meio sem graça. A situação econômica

no país não era das melhores. Róbson, ao escutar aquela frase, não teve coragem de dizer que não viria no mês seguinte. Engoliu as palavras e se despediu dizendo que as coisas iriam melhorar. Antes de sair, o violonista olhou para trás e viu um jovem olhando para ele. O estranho carregava uma pasta no colo. Devia guardar lá dentro uma flauta. Sem dúvida esperava sua vez para assistir alguma aula. Naquela academia de música se estudavam diversos tipos de instrumentos, desde os de corda até os de sopro e de percussão. Dava para escutar alguém tocando bateria; a vedação acústica não conseguia abafar completamente o som.

Antes de ir para casa, Róbson decidiu tomar uma cerveja. Entrou no bar que ficava na esquina oposta à do curso. Talvez encontrasse alguém conhecido. Sentou-se em uma mesa e lembrou que naquela noite passaria o jogo do seu time na televisão. Decidiu ver a partida até o final. Pediu uma porção de batatas fritas para aplacar a fome. Anotaria os gastos no caderninho do bar.

No final do mês pagaria a conta sem falta. O jogo estava ruim, trancado no meio-campo. Quase não ocorriam lances de ataque. Um final de zero a zero talvez fosse o resultado mais provável. Foi quando escutou uma voz suave ao seu lado:

— Oi. Posso sentar com você?

Róbson identificou o garoto que estava na academia de música. Antes que pudesse dizer alguma coisa, o outro falou:

— Somos colegas. Eu também estudo música. Posso sentar?

— Ah... Pode, sim. Desculpe a minha grosseria. Eu estava acompanhando o jogo.

— Eu não queria atrapalhar. Podemos conversar outra hora.

— Imagina. Fique à vontade. Falar de música é melhor do que falar de futebol. Sente-se.

O rapaz puxou uma cadeira.

— Escutei você tocando hoje. Foram somente alguns minutos, mas suficientes para perceber que você é habilidoso.

— Obrigado. Às vezes duvido disso.

— Por quê?

— Falta reconhecimento da sociedade. Você estuda, estuda e o que toca na rádio é só bomba.

— Não dá para confundir sucesso com talento. Na maior parte das vezes são coisas que não andam juntas.

— Tenho dificuldades para entender isso, mas sei que você tem razão. Eu sou Róbson. Qual o seu nome?

— Henrique.

— Você tem uma flauta aí nesse estojo?

— Tenho uma transversal.

— Legal. Eu ainda quero aprender instrumentos de sopro. Mas sempre falta o ímpeto para iniciar. Me acostumei muito com cordas.

— Eu posso ensinar você. Ao menos as coisas básicas.

— Bem que eu gostaria. Mas estou duro. Sem grana no momento.

— Isso não é problema. Eu mostraria para você sem cobrar.

— Não posso aceitar. Aí estaria explorando o trabalho de outro músico.

— Você me ensina alguns segredos do violão. Então ficamos quites. O que acha?

— É... Aí, sim. Acho que pode ser.

Henrique abriu um sorriso e chamou o garçom para pedir mais uma cerveja. O jogo de futebol terminou, porém Róbson não foi para casa. Decidiu conversar com o novo conhecido até o bar fechar. Bêbados, os dois deixaram o lugar abraçados, segurando-se para não cair na calçada. A dupla dormiu no apartamento de Róbson, que ficava ali perto.

Róbson acordou com dor de cabeça. Sentiu um cheiro de queimado e pulou da cama. Sentiu uma tontura devido à ressaca que quase o derrubou. Abriu a porta do quarto e chegou à cozinha, que ficava contígua à pequena sala. No fogão, uma frigideira com ovos fritos queimava. A televisão estava ligada em um noticiário. Henrique desligava de maneira apressada o gás.

— O que está acontecendo aqui? — perguntou Róbson.

— Fui eu, meu amigo. Desculpe. Comecei a fazer uma omelete e dormi na frente da tela. Mas acho que ainda dá para comer com um pãozinho. Quer?

Róbson olhou para os ovos e, como estava com fome, arriscou.

— Também fiz café preto — disse Henrique.

— Acho que vou voltar para a cama. Minha cabeça está virada em um pandeiro.

— Não vai, não. Suas aulas iniciam hoje. Desistiu de aprender?

— Não... É que... Estou derrubado hoje.

— Toma esse café aqui e pare de reclamar. Vamos. Você tem um ouvido sensacional. Em pouco tempo já estará tocando as primeiras melodias. Lembra que te falei dos meus amigos? Vou te apresentar para eles assim que você estiver preparado.

— Seus amigos existem mesmo? No fundo, pensei que não passavam de uma brincadeira sua. História de bêbado.

— Olha bem para mim e me diz se estou bêbado agora. Tudo o que falei é verdade. Vamos. Bebe logo esse café que preparei para nós e vamos treinar as primeiras melodias.

— Tá ok. Pelo visto você é que manda.

— Vamos, querido, não seja difícil. Iremos nos divertir.

Róbson tomou o café e foi para o banho. Quando voltou, começou sua primeira aula de flauta transversal. Naquela semana, Henrique ficou na casa do amigo. Os dois estudaram juntos, conversaram sobre a vida e viveram bons momentos. Em geral, enquanto Róbson praticava, Henrique preparava as refeições. O flautista queria ver o colega afiado, por isso não deixava que fizesse outra coisa senão tocar. Para apresentá-lo aos outros, precisava levá-lo sabendo ao menos as melodias mais básicas.

Depois de uma semana vivendo de música, Henrique disse que Róbson estava pronto. Seu papel seria apenas o de manter a base, enquanto os outros fariam os solos complexos. O flautista escolheu as melhores roupas de Róbson para vestir os dois. Naquela noite encontrariam os músicos amigos de Henrique.

Pediram por aplicativo um carro que os conduziria até uma zona rural da cidade, que fazia fronteira com o município vizinho. Desceram diante de um portão. Henrique avisou por celular para o dono da propriedade que aguardavam na entrada. O portão duplo com gradis de ferro foi aberto via controle remoto logo depois.

Róbson e Henrique entraram e caminharam por um terreno limpo e bem cuidado. Alguns carros estavam estacionados na frente da casa de dois andares. O amplo terreno mostrava que o proprietário era abastado. Devia ter um jardineiro para tratar das plantas e flores que ornavam o lugar.

Henrique não tocou a campainha. Apenas abriu a porta e de maneira gentil indicou que Róbson entrasse. Não havia ninguém no hall. Dava para ver uma escadaria que levava ao segundo andar e três portas fechadas que conduziriam para outros aposentos.

Róbson escutou vozes de pessoas conversando atrás de uma das portas. Também identificou o som de uma flauta. O músico estava apenas fazendo um exercício de escala menor.

— Acho que todos já chegaram. Fomos os últimos.

— Os últimos serão os primeiros — disse Róbson brincando.

Róbson não queria admitir, mas estava achando aquele lugar estranho, mesmo que parecesse tão limpo e cuidado. Havia uma espécie de opressão, de atmosfera carregada, de um isolamento que os afastava do ambiente urbano, do movimento da cidade, deixando-o um pouco desconfiado. As histórias contadas por Henrique martelavam fundo em sua cabeça.

Henrique abriu a porta. Mais seis homens estavam sentados em cadeiras dispostas em um círculo. Um deles, o mais velho, de cabelos brancos e bem vestido, os recebeu com um sorriso amigável no rosto e se levantando de onde estava. Aquela era uma sala de música. Tinha estantes com livros e partituras, conforme pôde observar Róbson. Em um dos cantos havia um piano de cauda. Ao seu lado, um violoncelo. Ficou com vontade de tocar o instrumento no mesmo instante. Sentia-se empolgado. O luar podia ser visto através de uma grande janela que estava aberta. As cortinas vermelhas de tecido pesado se movimentavam um pouco com o vento ameno.

— Este é o Róbson — disse Henrique.

— Eu sou Farias. — O homem apertou a mão de Róbson. — Henrique me disse que você tem um ouvido excepcional. É verdade?

— É exagero do Henrique.

— Não é exagero — disse Henrique. — Em uma semana ele já faz a base de número 8 sem errar ou titubear em qualquer nota.

— A número 8 é a mais simples. Mas, se aprendeu em uma semana, nos servirá com certeza — disse Farias.

— Em breve ele poderá fazer qualquer um dos oito movimentos.

— Você me supervaloriza, Henrique.

— Estes são os outros. — Farias fez um gesto amplo com o braço para mostrar os músicos e apresentou cada um deles para Róbson.

Henrique foi até um balcão com bebidas e serviu doses de uísque para quem pediu. Róbson preferiu não beber naquele momento: precisava ser perfeito na execução musical. Além disso, não queria ser enganado. Precisava ver com os próprios olhos as coisas que tinham sido contadas pelo amigo. Quando ele escutou pela primeira vez os relatos fantásticos de Henrique, o álcool fazia efeito em sua mente. Na verdade, não tinha acreditado em nada, mas ficara curioso.

Farias pegou em um armário um estojo. Dele retirou uma flauta transversal.

— Você vai tocar com essa, Róbson — disse Farias. — Henrique já contou para você sobre o oitavo integrante?

— Sim. Ele me disse que morreu.

— Disse como?

— Disse que morreu de infarto.

— Só isso? — Farias olhou para Henrique.

— Não quis contar todos os detalhes — falou Henrique. — Não queria que ele desistisse. Que ficasse com medo.

Um dos outros músicos, Alberto, disse:

— Saber a verdade é melhor. Conte para ele, Henrique.

Henrique girou o gelo no copo, bebeu um gole de uísque e disse:

— Silas tinha quase a idade do nosso querido Farias. Nos últimos meses, ele começou a apresentar graves problemas no coração. O que viu na última sessão foi demais para a saúde debilitada dele.

— Você se refere às visões? — perguntou Róbson. — Henrique me falou sobre algumas delas.

— Sim — Farias respondeu por Henrique. — As visões são vislumbres reais do passado. Silas já tinha visto muitas delas, mas dessa vez não aguentou. Ele era um bom amigo. Saiba que se você se juntar a nós na noite de hoje correrá alguns riscos; portanto, se não tiver coragem para encarar o que vai ver, fique à vontade para ir embora agora.

— Se eu for embora vocês não terão o oitavo componente. Henrique me disse que são necessários oito flautistas para abrir as portas.

Farias olhou com expressão de reprimenda para Henrique.

— Preferi não falar sobre o nono — disse Henrique, dirigindo-se para o anfitrião.

Róbson não entendeu a resposta do amigo. Ficou se perguntando se teria mais um integrante do grupo para chegar.

— Pelo visto Róbson está decidido em participar — falou Marco Antônio, outro dos músicos presentes. — Vamos iniciar logo. — Ele parecia ansioso, esfregava uma mão contra a outra.

Farias distribuiu as partituras que ele mesmo havia escrito e aprendido havia três décadas. Não queria continuar esperando. Estava precisando ver mais, ver mais do vasto conhecimento armazenado na memória do visitante. Entregou a partitura mais simples para Róbson, que já sabia de cor aquelas passagens básicas.

Todos, sentados em um círculo, prepararam suas flautas.

— Está frio — disse Róbson. — Não seria melhor fechar a janela antes de começar?

— Vamos deixá-la aberta. Será melhor — disse Farias.

As primeiras notas saíram da flauta transversal do anfitrião. Logo o oboé de Marco Antônio rasgou o ar com seu som mais grave. Depois veio uma flauta doce e por fim todos começaram a tocar, inclusive Róbson. Ficaram tocando de maneira incessante a mesma música por mais de meia hora. Tinha de se ter muita disciplina para não errar as notas. De acordo com Henrique, deslizes poderiam terminar com a invocação. Somente Farias realizava sons dissonantes e de complexidade ímpar; sua experiência musical o colocava na posição de maestro do grupo.

Róbson ainda não percebera nada de diferente no ambiente. Entretanto, quando olhou para a janela viu algo que o fez tremer com um arrepio que gelou sua nuca. Quase parou de tocar, porém tentou manter o sangue-frio seguindo as orientações de Henrique. Os outros tocavam em êxtase seus instrumentos. Os músicos pareciam ignorar a chegada da criatura.

A coisa, difícil de definir, se assemelhava a um grande polvo com cabeça de sapo. Tinha uma boca e três olhos acima dos lábios. Esgueirou-se da janela para o chão da sala utilizando seus inúmeros tentáculos.

Róbson, ao mesmo tempo que sentia necessidade de parar de tocar e sair correndo dali, estava paralisado. Não conseguia fazer outra coisa senão executar a melodia bizarra. Podia sentir o suor escorrendo pelos poros do seu corpo, principalmente das axilas e das têmporas. Fascinado, viu a criatura se aproximar arrastando o corpo gelatinoso, deixando um visco igual ao das lesmas sobre o tapete.

A criatura chegou ao centro da sala e se posicionou entre os músicos. Os olhos dela fixaram-se nos olhos de Róbson como se quisesse estudar a sua alma. Em seguida, ela esticou todas as pernas, elevando-se do chão e ficando em pé como os humanos. Então, Róbson viu pequenos furos se abrindo no topo do corpo disforme. Daqueles buracos, sons começaram a ser emitidos como notas musicais.

Notas impossíveis de reprodução por instrumentos terrenos.

Todos os presentes pararam de tocar. Agora apenas a coisa reproduzia música. Para Róbson a estranha melodia era de uma beleza única e de uma grandiosidade terrível, não conseguia guardar aquela harmonia completa na memória, somente fragmentos.

Enquanto emitia música, a criatura começou a esticar seus tentáculos. Róbson viu quando eles envolveram os rostos dos companheiros de sinfonia. Quase gritou, quase conseguiu sair da paralisia, mas quando percebeu o tentáculo já envolvera toda a sua face, deixando-o anestesiado pelo toque frio e molhado.

Róbson poderia ficar a eternidade sentindo aquela sensação inebriante que o deixava paralisado. Era como usar drogas: só precisava daquilo para viver, de mais nada. Por alguns instantes sentiu o universo pulsando ao compasso do seu coração, depois tudo ficou escuro. Teve a impressão de que tinha sido transportado para outro lugar. Não sentia mais o próprio corpo. Nem mesmo escutava a música que provinha da criatura. Sem ter noção de quanto tempo havia passado, começou a ver um ponto de luz e uma cena inesperada.

Um grupo de humanoides caminhava pelas vielas de uma rua suja. As habitações eram claras, feitas com maciços blocos de pedra amarela. As portas eram em semicírculo e as janelas, ovais. Um indivíduo vinha à frente do grupo e falou em uma língua estranha, mas que para Róbson tinha sentido.

— Arrombem a porta! — O sujeito apontou para uma das habitações.

Dois soldados com uma marreta horizontal arrebentaram a porta. As janelas das outras casas permaneciam fechadas. O dia era ensolarado. Lá de dentro se ouviu um clamor. Pedia socorro.

— Tragam-no — ordenou o comandante.

Outros dois soldados com lanças em punho. As criaturas que Róbson via eram muito diferentes de seres humanos. Eles possuíam uma cabeça em cima de um tronco esguio e magro. Tinham quatro braços e quatro pernas que mais pareciam gravetos de tão finos. As pernas terminavam em uma ponta grossa com aspecto de unha e as mãos comportavam seis dedos e um polegar opositor. O rosto era liso, quase como se fosse feito de vidro. Sobre os cinco olhos não existiam sobrancelhas e a boca fina era reta. Os ouvidos não passavam de buracos atrás da nuca. Não havia traços de cabelos ou pelos em seus corpos. Vestiam uma roupa azulada grudada ao corpo, de um tecido que se assemelhava a borracha. A cor de suas peles variava de um vermelho claro até o bege-escuro.

Os soldados retornaram para a rua trazendo o prisioneiro. Dos seus cinco olhos emergiam lágrimas. Lá dentro, outros clamavam para que não levassem o filho embora. Não ousavam sair para a rua e enfrentar os militares. O comandante disse:

— Em outros tempos o povo entregaria de bom grado o escolhido. Vocês não sentem vergonha? Plebe ingrata.

Nossos líderes alimentaram vocês durante milênios. Somente o que pedem é a sua boa vontade. Seu filho será lembrado em nossos registros históricos e celebrado como os outros.

Uma porta de outra casa se abriu de forma inesperada.

— A religião de vocês não é mais a nossa. Não queremos mais cultos nem sacrifícios — disse um humanoide, rebelando-se.

As janelas de outras casas também se abriram.

— Abaixo o ditador! — gritou outro.

— Abaixo o ditador! — Mais vozes se fizeram ouvir em uníssono.

O comandante, sem aviso prévio, levantou a sua lança e a arremessou contra o primeiro humanoide que se rebelara. A arma atravessou o corpo, fazendo-o tombar morto na entrada da própria casa.

— Assassino! Assassino! — começaram a gritar os que presenciaram a cena.

O comandante e os soldados arrastaram o capturado para o centro do seu grupo e saíram dali o mais rápido possível para evitar mais confrontos. A população enraivecida não teve coragem suficiente para persegui-los.

O grupo subiu por entre as vielas sendo observado pelas frestas das janelas e portas de outras casas. Róbson podia perceber os olhares de ódio que eram direcionados para eles. Algumas vezes pedras eram lançadas nos soldados, mas nada mais do que isso. A população parecia dominada pelo medo.

Os raptores chegaram ao alto da colina, onde, atrás de uma muralha, ficava uma edificação parecida com um castelo. Outros soldados deixaram o comandante e o seu grupo entrar abrindo uma enorme porta dupla de metal. Os indivíduos começaram a se dispersar, indo para seus postos. O comandante, acompanhado de mais dois auxiliares, caminhou por corredores extensos da edificação até chegar a uma galeria de prisões, onde jogou o capturado em uma cela. Nela havia somente uma cama. Depois disso, subindo por escadarias íngremes, sozinho, o comandante chegou a uma torre.

Lá encontrou outro semelhante seu, que vestia uma roupa esvoaçante com símbolos intrincados estampados.

— Trouxemos o escolhido, mestre Vixes — disse o militar.

— Bom trabalho. Fiquei sabendo que você teve problemas entre os plebeus.

— Eles estão nos desafiando, senhor. Pressinto que um levante se aproxima.

— Teremos de ser enérgicos. Mas antes disso precisamos atender ao capricho do nosso deus. A voracidade dele precisa ser aplacada. Leve o sacrifício amanhã à noite ao salão nobre do líder de sangue, conforme o planejado.

Vixes beijou suavemente, como forma de cumprimento, os lábios do comandante e disse para que o deixasse a sós. Naquela noite o mestre estudou pergaminhos e treinou, incansável, melodias em sua flauta feita de um metal escuro e translúcido.

O encarcerado quase não dormiu durante sua estadia no compartimento isolado. Quando os guardas retornaram para buscá-lo, no dia seguinte, tentou se livrar brigando. Mas eram três e tinham armas. Logo o derrubaram e controlaram seu ímpeto de fuga. Após o combate, de um ferimento ao lado da boca do humanoide, escorreu um líquido gelatinoso e prateado que devia ser tão importante para o corpo deles como sangue, pensou Róbson. Sem forças, o prisioneiro se resignou ao destino que lhe fora reservado. Era impossível lutar contra aquela ditadura.

Escoltado pelos guardas, o escolhido andou por corredores e salões do castelo do líder de sangue. Mesmo os servos o observavam com indiferença, como se fosse um animal. Subiram uma torre e alcançaram o salão do líder máximo de toda uma espécie. Pela janela dava para ver duas pequenas luas no céu. Prateadas feito o líquido vital que escorria de sua boca, elas lhe serviam como um mau augúrio. Seus cinco olhos não estavam mais mareados. Sabia que iria morrer. Não tinha como escapar do seu destino.

Entraram em um extenso salão repleto de indivíduos. Róbson não conseguia identificar se eram homens ou mulheres, pois pareciam ter os mesmos corpos. Eles se diferenciavam pelas cores das peles, das roupas e dos adornos que utilizavam. Uns vestiam roupas espalhafatosas com penas de pássaros, outros vestiam couro de cores vivas, alguns tecidos largos e brilhantes. Tinham braceletes, colares e cintos de diversos materiais, como metal e madeira. Uns utilizavam chapéus pontudos ou circulares. Muitos estavam sentados em estranhas cadeiras, outros em assentos suspensos por cordas amarradas ao teto ou reunidos sobre grandes sofás. Outros permaneciam em pé. Havia, em bandejas, grande quantidade de comida. Boa parte dos convidados bebia alguma coisa em cálices feitos de um metal desconhecido. Conversavam excitadamente e riam de uma maneira desconcertante para Róbson. Poucas tochas iluminavam o lugar, dando-lhe um aspecto sombrio.

No centro do salão dava para ver um palco circular que se elevava a meio metro do chão. Nele havia um sofá horizontal com almofadas espalhadas ao seu lado. Descansando sobre o macio estofado, uma daquelas criaturas observava a chegada do escolhido. Devia ser o líder, concluiu Róbson. O humanoide bebeu um gole de sua taça e a depositou sobre uma mesa circular ao lado do sofá. Atrás daquele palco elevado, quatro guardas observavam atentamente o governante e o seu séquito.

— Enfim chegou a hora.

Quando a criatura começou a falar, todos no salão fizeram silêncio sem precisar de qualquer ordem para isso. O líder levantou e disse:

— A divindade exige o seu sacrifício. Que venha o mestre da canção acompanhado dos servos do caos.

Uma porta, bem perto do palco do líder, se abriu. Dela veio o mestre Vixes escoltando o grupo. Atrás dele se arrastavam com tentáculos oito criaturas de corpos gelatinosos. Eram da mesma espécie do alienígena que entrara na sala de música do velho Farias. O silêncio no salão se tornara sepulcral. Róbson teve a impressão de escutar apenas o arrastar meticuloso daqueles tentáculos nojentos.

Vixes e os servos do caos se posicionaram em círculo diante do palco do líder de sangue. O humanoide de roupas esvoaçantes retirou do interior de seu manto a flauta negra e translúcida. Os outros revelaram as fossas no dorso de seus corpos bizarros. De lá, Róbson já sabia que escutaria notas de uma melodia intensa. Em seguida, os guardas que traziam o escolhido bateram violentamente nele, deixando-o quase inconsciente, e o jogaram próximo dos músicos.

O flautista começou a tocar as primeiras notas. Logo Róbson percebeu que não era a mesma música que tocara com os amigos de Henrique. Tinha notas e nuance diferente da partitura que acompanhara. Quando aqueles alienígenas começaram a tocar era como se o universo pudesse pulsar como um grande coração. Era lindo e ao mesmo tempo terrível.

Pôde sentir o ar ficando sobrecarregado por alguma energia intangível. As tochas bruxulearam com um vento inesperado vindo do exterior da torre. No alto do salão, acima da cabeça dos presentes, algo começou a ganhar forma. Surgiu, no início, apenas como uma fagulha, como um filete de relâmpago rasgando o espaço-tempo para chegar naquele lugar, invocado pela melodia. Róbson teria gritado se estivesse fisicamente lá, mas não era possível. Sentia sua garganta presa por uma força invisível.

O que era apenas um filete de luz branca começou a se desenvolver em um emaranhado de teias de luz em torno de uma nuvem negra. Conforme a música aumentava em intensidade, a coisa amorfa crescia em pulsos.

Todos no salão olhavam como que hipnotizados para aquela forma caótica que pulsava e mudava de cor. Pareciam drogados e satisfeitos em se alimentar do vício de contemplar a coisa.

Após um breve momento, o líder de sangue pareceu se desvencilhar da força hipnótica da divindade.

— O sacrifício nos deixará mais fortes!

Os que conseguiram se livrar do fascínio que a coisa gerava gritaram:

— Vida longa ao líder de sangue!

Naquele momento ocorreu algo que Róbson não esperava, nem mesmo os nobres que observavam o espetáculo naquele salão. Uma lança voou, acertando em cheio o mestre Vixes. Do seu peito espirrou aquele sangue prateado. Ele deixou cair no chão sua flauta, que se quebrou em pedaços. A lança que acertara Vixes partira de um dos soldados do governante. O rebelde infiltrado gritou:

— Abaixo o terror!

Militares pularam sobre o traidor e em uma luta rápida acabaram com a sua vida. Mas o estrago já estava feito. Os servos do caos não conseguiriam conter o crescimento da divindade, pois, para terminar a canção e enviá-la para o seu trono no centro do universo, era necessária a flauta de Vixes e o seu talento musical.

O estranho deus cresceu ainda mais. Cego e incontrolável, não poupava ninguém que estivesse próximo de sua forma incorpórea. Quando as suas teias de luz e as densas sombras se encostavam em qualquer lugar consumiam o mundo material. Ao tocar no piso, as pedras começaram a ruir, sendo absorvidas pela sua densidade indescritível. Devorou alguns dos servos do caos e nobres que não conseguiram fugir de seu perímetro de ação. O líder de sangue, vendo tudo se perder, apenas esperou pelo fim. Ao menos seria tragado para o interior de um deus.

A confusão foi geral. Alguns nobres que ainda prezavam por suas vidas correram, buscando fugir pelas poucas saídas da torre. Também tiveram aqueles que pularam pela janela, em um voo para a morte, tentando escapar da voracidade da divindade. Em pouco tempo a torre desabou. Mas a coisa sem forma definida continuou viva, continuou crescendo.

Róbson perdeu a noção de tempo. Era como se tivesse ficado anos contemplando a destruição causada por aquele ser. A divindade não parava de crescer e pulsava como um coração. Primeiro fez desaparecer a cidade, que desmoronava junto à terra, e ambas foram engolidas. À medida que a forma de vida crescia, o seu contato com o ar tornava as nuvens densas, fato que começou a gerar intensas tempestades. Em um dado momento, Róbson pôde ver um grupo de humanoides a certa distância do deus devorador. Eram nove e tinham em sua posse flautas. Quando começaram a tocar, a divindade parou de crescer. Mas do interior dela, como se viessem de um espaço profundo, surgiram criaturas que voavam. Era impossível fazer uma relação delas com o que existia na Terra. Talvez fossem semelhantes a pólipos, insetos e crustáceos, mas que, de uma maneira única na escala evolutiva, tinham se tornado algo híbrido. Dezenas deles vieram na direção dos músicos contorcendo seus corpos inacreditáveis. Dava para perceber que havia algo fora de harmonia nas notas que aqueles indivíduos tocavam. As criaturas investiram contra eles. O desespero nos rostos dos músicos era perceptível, pois indicava total horror e perplexidade. Sabiam que a sua morte significava o fim total — a aniquilação de tudo o que conheciam se aproximava.

A divindade expandiu-se sem parar e foi engolindo pouco a pouco planícies, rios, montanhas e toda a vida que existia naqueles lugares. Chegou à praia e ao oceano gerando um cataclismo de proporções gigantescas. A massa de nuvem negra e luzes relampejantes atingiu um quarto do tamanho do planeta. Róbson se tornara um espectador que via tudo do espaço. Caules ramificados de sombras e vapores luminosos abraçavam aquela esfera celeste, sufocando-a. Dava para ver rios de lava, provindos de seu interior, provocados por rasgos de terra que possuíam milhares de quilômetros de extensão. As criaturas voadoras se espalhavam em torno da divindade como um enxame. Então, subitamente, ocorreu uma explosão que fragmentou o planeta em um cinturão de asteroides. Com esse forte impacto em sua mente, Róbson perdeu a consciência.

O músico sentiu algo frio em seu rosto e abriu os olhos assustado. Via um pouco fora de foco. Apavorado, fez um movimento frenético das mãos e dos braços, tentando afastar o que o tocava.

Escutou uma voz familiar e suave:

— Calma. Está tudo bem. Já passou.

Aos poucos, a visão de Róbson retomou o foco normal e pôde ver, ajoelhado diante de si, Henrique, que tinha nas mãos um pano úmido.

— O que aconteceu?

Róbson sentou-se e levou levando uma das mãos à cabeça, que latejava.

— Você apagou. Já aconteceu com todos nós. Mais de uma vez.

O talentoso músico percebeu que ainda se encontrava na sala da casa de Farias. Os outros o observavam sem grande alarde.

— Vocês viram aquilo? Foi horrível. Era como se eu estivesse lá.

— Ainda não tivemos oportunidade de conversar. Não sabemos se ele mostrou a mesma coisa para todos. Ele pode contar histórias diferentes ao mesmo tempo.

Róbson olhou para os outros e se levantou. Queria manter um pouco de dignidade.

— Eu vi um planeta inteiro ser consumido.

— Todos nós já vimos — falou Marco Antônio.

— Mais de uma vez e mundos diferentes — completou Farias.

Róbson pareceu se lembrar do monstro, o servo do caos que estava entre eles, e olhou apreensivo para os lados, procurando-o.

— Onde ele está?

— Foi embora — respondeu Henrique.

— Isso não pode mais continuar... Não podemos colocar a vida de todos em risco.

— Fique calmo — disse Farias. — Nós não temos a intenção de invocar o devorador de mundos. Nosso contato é apenas com o servo do caos. Queremos desfrutar das memórias que ele armazena da nossa galáxia.

— O nono músico é uma verdadeira dádiva. Através dele podemos viajar para estrelas distantes sem precisar sair de casa — disse Marco Antônio. — Nós continuaremos compartilhando dessas memórias quer você queira ou não.

Marco Antônio mostrou-se mais exaltado que os outros, revelando que poderia se indispor com Róbson.

— A partir das memórias dele temos investigado tecnologias alienígenas — disse Henrique. — Talvez possamos descobrir algum dia como alcançar a velocidade da luz. O segredo para a vida eterna. As possibilidades são inúmeras. A humanidade entraria em uma época de esplendor.

— Entendo os anseios de vocês. Mas e quanto ao que ele deseja de nós? Vocês já pararam para pensar sobre isso?

Nenhum dos músicos respondeu.

Róbson pegou um copo cheio de uísque que estava sobre o balcão e bebeu para se acalmar. Depois, disse em tom de desculpa:

— Perdoem-me. Eu preciso ir.

— Já? Nós iríamos nos divertir — lamentou Henrique. —

Temos bebida e outras coisas. Pretendíamos compartilhar a experiência de cada um. Eu queria saber tudo o que você viu. Queria te contar o que eu vi.

— Hoje não vai dar.

Róbson foi se encaminhando para a porta principal. Depois foi seguido por Farias e Henrique. Antes que o anfitrião pudesse se aproximar, Róbson virava a chave na fechadura. Saiu sem dizer adeus. Ainda pôde escutar Henrique comentando com Farias que o deixasse partir. Já nos jardins da propriedade, Róbson ouviu um barulho entre as árvores. Olhou na direção delas, mas não encontrou nada.

Um frio inesperado percorreu a sua espinha quando pensou nos olhos do servo do caos o observando. Ao mesmo tempo que tinha medo da criatura, ficou com a sensação de que necessitaria sentir aquela coisa viscosa de pequeninas ventosas tocando o seu rosto mais uma vez. Os apêndices rastejantes da coisa tinham preenchido os seus sentidos como uma poderosa droga da qual nunca se é capaz de ficar limpo.

Róbson sentia-se confuso. Não queria mais ver Henrique nem aquele grupo de fanáticos. No entanto, ao deixar aquele anfiteatro do horror, de alguma maneira sabia que logo teria de retornar. Precisaria satisfazer os seus desejos de saber mais das histórias mostradas pelo servo do caos.

Para piorar, algo martelava em sua mente. Algo que queria esquecer, porém não conseguia. A melodia de invocação do devorador de mundos tinha sido gravada, nota por nota, em sua memória como se grava uma música em um disco rígido de computador. Sem dúvida, ele poderia reproduzi-la. Deixou a propriedade escutando sons de nove incansáveis flautas.

Autores

Pablo Amaral Rebello
Escreve um pouco de tudo e de tudo um pouco. Por muitos anos, frequentou cenas de crimes hediondos, testemunhou acidentes terríveis, entrevistou autoridades e escreveu manchetes para jornais como *O Globo* e *Correio Braziliense*. Quando completou 30 anos decidiu ser escritor e vem publicando contos e livros desde então. É autor de *Deserto dos Desejos* (Ed. Constelação/2019), *Peixeira & Macumba* (Amazon/2018) e *Os Lugares do Meio* (independente/2017), além de diversos contos publicados em coletâneas.

Simone Saueressig
Escritora gaúcha, Simone publica desde os anos 80 do século XX. É a autora de obras como *Os Sóis da América*, *O ouro das Missões* e *Contos do Sul*. Já participou de diferentes antologias de terror, como *Tu, Frankenstein - 2* e *Vampiros*. Grande parte de sua obra remete ao imaginário brasileiro, usando o folclore e as histórias populares como fonte de inspiração.

Diego Mendonça
Começou suas publicações com o conto "O Impostor", no livro *A Arte do Terror - Volume 4*, e vem publicando vários trabalhos pelo percurso. Seu conto mais recente leva o título de "Os bastidores do mundo" e está publicado na *Revista Diário Macabro N°4*.

The Wolf
Transita por gêneros textuais variados, explorando a prosa poética e a sensualidade na ânsia de transformar palavras em experiências sensoriais. Entre suas obras estão *69 Versos Arfantes* e *Vulgata*, uma coletânea de teor erótico-psicológico que figurou no topo dos mais baixados do site da Amazon em sua primeira edição.

Dré Santos
Depois de aprender a tocar guitarra, baixo e bateria, descobriu que, da música, gostava mesmo era das letras, então graduou-se em Escrita Criativa pela PUCRS, publicou pelas editoras Bestiário e Metamorfose, e agora ataca de editor e diretor de redação na *Revista Literomancia*, especializada em fantasia, ficção científica, terror e suspense.

Adriana Maschmann
Formada em Letras e pós-graduada em Leitura: teoria e práticas, sempre foi uma apaixonada pelas palavras. Os livros, bons companheiros, despertaram o gosto, não só pela leitura, mas também pela escrita. Estreou na literatura com participação na coletânea *Diálogos* e, a seguir, na coletânea *Palavras de quinta*. Após, lançou seu primeiro livro individual, *Alana Dupin, sigilo e eficiência*. Todos pela editora Metamorfose.

Lu Evans
É natural de João Pessoa, PB, onde concluiu o curso de Jornalismo. Começou sua carreira literária como dramaturga e produziu vinte peças para teatro infantil que reuniu em um livro. Hoje escreve literatura fantástica: série *Zylgor* (fantasia), *Hili* (sci-fi) e *Somniis* (distopia em co-autoria com Graci Rocha). É responsável pelo selo Nébula de literatura fantástica nos EUA, tem um canal de literatura fantástica no YouTube e organizou a coletânea *Feéricas*.

Gabrielle Roveda
Aspirante à escritora desde os quatro anos, quando começou a se aventurar no mundo dos livros e escrever. É colunista em três blogs de entretenimento — *Superela*, *O Amor é Brega*, *E aí, Guria?* —, onde compartilha crônicas sobre o infinito sentimental humano. Iniciante no mundo dos contos, mas já participou de quatro antologias: *Frequência Insólita*, *Casa Fantástica*, *Quando Você Se Foi* e *Manhãs de Ristretto, Tardes de Expresso*.

Tarcisio Lucas Hernandes Pereira

Tem 35 anos de idade, é formado em Artes e é estudante de Letras. Tem escrito e publicado, de forma independente, contos e livros de RPG desde sua adolescência. Fã de quadrinhos e literatura fantástica, passa a maior parte de seu tempo entretido com livros de H. P. Lovecraft, Robert Howard, Tolkien e Stephen King.

Duda Falcão (Organizador)

É escritor, professor de escrita criativa e editor. Tem seis livros publicados: *Protetores* (2012), *Mausoléu* (2013), *Treze* (2015), *Comboio de Espectros* (2017), *O Estranho Oeste de Kane Blackmoon* (2019) e *Mensageiros do Limiar* (2020). Também é um dos idealizadores e organizadores da *Odisseia de Literatura Fantástica* e do *Prêmio Odisseia de Literatura Fantástica*. Foi editor da Argonautas Editora e atuou na Feira do Livro de Porto Alegre, em diversas edições, como curador do evento *Tu, Frankenstein*. Em 2018, ganhou o 1º Prêmio ABERST de Literatura na categoria Conto de Suspense/Policial. Em 2019, lançou as coleções *Planeta Fantástico* e *Multiverso Pulp* para divulgar novos autores e a literatura fantástica brasileira. É doutor em Educação e leciona no Curso Metamorfose de Escrita Criativa.

Fred Macêdo (Ilustrador)

Nascido em 30 de junho de 1972, em Fortaleza, Ceará, começa a trabalhar profissionalmente como ilustrador e quadrinista depois de atuar 20 anos no mercado securitário. Seus primeiros trabalhos são resultados de sua parceria com o conceituado artista, roteirista e tradutor Wilson Vieira, que trabalhou muitos anos no concorrido e prestigiado mercado italiano através do estúdio Staff di IF ("Immagini e Fumetti"). A dupla publica suas histórias na Itália, Argentina, Portugal e Brasil. Macêdo ilustrou para o mercado italiano no *Guida Bonelli: Tutte Le Edizione Straniere*, uma compilação de títulos sobre todas as edições do personagem Tex Willer; desenhou várias capas para as editoras Argonautas e AVEC com a temática Pulp; fez também a HQ *The Seventh Son of The Seventh Son*, pela NFL Comics Editora (São Paulo), uma adaptação do álbum de 1988 do grupo de rock Iron Maiden. Fred Macêdo também desenvolve atividades no magistério como professor de desenho, ilustração, quadrinhos, figura humana e modelagem pelo Instituto Federal de Educação, Ciência e Tecnologia do Ceará (IFCE).

Robson Albuquerque (Colorista)

Nasceu em Fortaleza, Ceará, tem 29 anos e desde pequeno sempre demonstrou afinidade com a área de desenho e artes gráficas. Incentivado pela mãe, participou de cursos de desenho e pintura, mas foi somente quando prestou vestibular para Artes Visuais no IFCE que essa paixão se estabeleceu como um foco profissional. Seus primeiros trabalhos como ilustrador e colorista datam de 2009, quando ingressou no Curso de Roteiro para Histórias em Quadrinho do Estúdio de Quadrinhos e Artes Gráficas Daniel Brandão e foi convidado para fazer parte do grupo de artistas do estúdio. Como colorista digital, Robson já participou de diversos projetos com grandes nomes da ilustração nacional como Daniel Brandão, Fred Macêdo e Júlia Pinto em capas de livros e revistas, histórias em quadrinhos, ilustrações editoriais e diversas outras mídias. Atualmente, além de colorista freelancer, Robson trabalha como diretor de arte em uma empresa de marketing digital, produzindo ilustrações e *letterings* sob encomenda.

DISPONÍVEIS NOS FORMATOS

FÍSICO E eBOOK

CONFIRA TODOS OS VOLUMES JÁ PUBLICADOS

WWW.AVECEDITORA.COM.BR

🏠 Caixa postal 7501
CEP 90430 - 970
Porto Alegre - RS
🌐 www.aveceditora.com.br
✉ contato@aveceditora.com.br
📷 @aveceditora